हिन्द पॉकेट बुक्स

उत्तम मैनेजमेंट के 6 नियम

डॉ. एस. बी. माथुर व्यक्तित्व विकास और प्रबंधन पर लिखने वाले लेखकों में अग्रणी हैं। इन्होंने कई उत्कृष्ट पुस्तकों की रचना की है और इनकी पुस्तकें देश-विदेश की अनेक भाषाओं में अनुवादित हो चुकी हैं। इन्हें कई पुरस्कार भी मिले हैं।

उत्तम मैनेजमेंट के 6 नियम

NATIONAL BESTSELLER

The A to Z of Mangerial Excellence

का हिन्दी रूपान्तरण

डॉ. एस. बी. माथुर

हिन्द पॉकेट बुक्स

पेंगुइन रैंडम हाउस इम्प्रिंट

हिन्द पॉकेट बुक्स

यूएसए | कैनेडा | यूके | आयरलैंड | ऑस्ट्रेलिया
न्यू ज़ीलैंड | भारत | साउथ अफ्रीका | चीन | सिंगापुर

हिन्द पॉकेट बुक्स, पेंगुइन रैंडम हाउस ग्रुप ऑफ़ कम्पनीज़ का हिस्सा है,
जिसका पता global.penguinrandomhouse.com पर मिलेगा

पेंगुइन रैंडम हाउस इंडिया प्रा. लि.,
चौथी मंजिल, कैपिटल टावर -1, एम जी रोड,
गुड़गांव 122 002, हरियाणा, भारत

पेंगुइन
रैंडम हाउस
इंडिया

प्रथम संस्करण हिन्द पॉकेट बुक्स द्वारा 2009 में प्रकाशित
यह संस्करण हिन्द पॉकेट बुक्स में पेंगुइन रैंडम हाउस द्वारा 2022 में प्रकाशित

10 9 8 7 6 5 4 3 2

इस पुस्तक में व्यक्त विचार लेखक के अपने हैं, जिनका यथासंभव तथ्यात्मक
सत्यापन किया गया है, और इस संबंध में प्रकाशक एवं सहयोगी
प्रकाशक किसी भी रूप में उत्तरदायी नहीं हैं।

ISBN 9789353494599

मुद्रकः रेप्रो इंडिया लिमिटेड

www.penguin.co.in

MIX
Paper from
responsible sources
FSC® C047271
FSC
www.fsc.org

This is a legitimate digitally printed version of the book and therefore might not
have certain extra finishing on the cover.

अपने आदरणीय माता-पिता
स्वर्गीय श्रीमती हीरा देवी माथुर
एवं
स्वर्गीय श्री भगवतीलाल माथुर
के चण *कमलों* में
सप्रेम एवं सादर समर्पित

क्रम

प्रस्तावना

आजकल भारत में पुस्तकों की दुकानों पर प्रबंधन के विषय की पुस्तकों की बाढ़-सी आ गई है। लेकिन इनमें अधिकतर पुस्तकें पश्चिमी देशों के लेखकों द्वारा लिखी गई हैं और इन पुस्तकों में उदाहरण और काम करने के तरीक़े भी पश्चिमी देशों के मूल्यों और आदर्शों को व्यक्त करते हैं। उन पुस्तकों में प्रबंधन संबंधी कठिन शब्दों का प्रयोग किया गया है, जो आम जनता को, जिन्हें प्रबंधन के विषयों का विशेष ज्ञान नहीं है, उन्हें उन पुस्तकों में लिखी बातों को समझने में अधिक कठिनाई होती है। साथ-ही-साथ जिन लोगों को पश्चिमी देशों की सभ्यता और मूल्यों का ज्ञान नहीं है, उन्हें भी उन पुस्तकों को पढ़ना और समझना आसान नहीं होता। इस संदर्भ में यह पुस्तक 'उत्तम मैनेजमेंट के 6 नियम' विशेष रूप से प्रशंसा की हकदार है और अधिक ध्यान देने योग्य है। यह पुस्तक पढ़ने में बहुत ही आसान है, क्योंकि इसमें प्रबंधन के कठिन एवं गूढ़तम सिद्धांतों को भी सरल एवं साधारण बोलचाल की भाषा में व्यक्त किया गया है। इस पुस्तक में दिए गए उदाहरण भी भारतीय संस्कृति एवं भारतीय परिवेश में काम आने वाले उदाहरणों पर दिए गए हैं। इस प्रकार भारतीय पाठकों को इस पुस्तक को पढ़ने और समझने में बहुत ही आसानी होगी।

डॉ. सतीश बी. माथुर ने इस पुस्तक में प्रबंधन के कठिन एवं गूढ़तम सिद्धांतों को सरल एवं सुबोध भाषा में लिख कर एक बहुत ही प्रशंसनीय कार्य किया है। यह पुस्तक जो प्रतिदिन व्यवहार में लाने योग्य परामर्श और सीख देती है, वह इस प्रकार आदर्श सीख भी देती है–जूनियर की बातें सुनने का अर्थ यह नहीं है, हम उनकी बातें मान ही लें। जो लोग अधिक उत्पादन करते हैं और अच्छा काम करते हैं, वे अपने स्वयं के बारे में भी

अच्छा विचार रखते हैं। योग्य एवं सफल अधिकारी अपने काम करने के तरीक़ों में और किसी समस्या को सुलझाने में प्रबंधन के विभिन्न सिद्धांतों का प्रयोग सही परिस्थितियों में समुचित रूप से करते हैं। जूनियर अधिकारी को महत्वपूर्ण कार्य सौंपना एक कला है, जिसके द्वारा आप अपनी कार्य-कुशलता को अपने जूनियर को भी अपनाने का अवसर देते हैं। संवेदन शक्ति मनुष्य को जानवरों से अलग करती है। दूरदर्शिता एवं रचनात्मक विचार, ज्ञान रखने से ज़्यादा महत्वपूर्ण हैं। रचनात्मकता प्रबंधन को उच्चतम स्थिति तक ले जाती है। अच्छा और सुयोग्य प्रबंधन डरपोक अधिकारी को भी शेर बना देता है। सच्चे दिल से की गई प्रशंसा लोगों को उत्साहित करती है। प्रबंधन में छोटी-छोटी बातों का भी भारी महत्व होता है। प्रबंधन एक कला है, जो सीखी जा सकती है, इसका अभ्यास करना चाहिए और अपने प्रबंधन के कामों में इसका प्रयोग करना चाहिए।

इस अत्यंत रुचिकर एवं आसान पुस्तक को पढ़कर मैं इसी प्रकार के विचार एवं सिद्धांत ग्रहण कर पाया हूं। डॉ. माथुर ने उत्तम प्रबंधन को छः अध्यायों में विभाजित किया है : अपने सहयोगियों को प्रोत्साहित करना, अपने सहयोगियों की बागड़ोर संभालना, हम अपने आला-अफ़सर, अपने बराबर के पदाधिकारी एवं स्वयं भी अपने आपको कैसे संभालें? अपने समय का प्रबंधन, प्रबंधन और रचनात्मकता और अपने कौशल का प्रबंधन। इस पुस्तक को 26 विभागों में विभाजित किया गया है, और हर एक विभाग युवा वर्ग के अधिकारियों को प्रबंधन के उच्चतम शिखर पर पहुंच पाने की महत्वपूर्ण सीख और समझ प्रदान करता है।

'उत्तम मैनेजमेंट के 6 नियम' एक ऐसी पुस्तक है, जो एक उपन्यास की तरह पढ़ी जा सकती है। जब आप इस पुस्तक के पन्नों को खोलेंगे, आप इसे बिना पढ़े रुक नहीं पाएंगे और जब आप इस पुस्तक को पढ़ना शुरू कर देंगे, तो सारी पुस्तक पढ़े बिना इसे छोड़ नहीं पाएंगे। इसे समाप्त करने के बाद ही दम ले पाएंगे।

यह पुस्तक प्रबंधन संबंधी विषयों एवं सिद्धांतों में रुचि रखने वाले सभी वर्ग के लोगों के लिए लिखी गई है। हमें पूर्ण आशा है कि इस पुस्तक को अधिक-से-अधिक लोग पढ़ना पसंद करेंगे। डॉ. माथुर प्रबंध के विषय पर

इतनी अच्छी और महत्वपूर्ण पुस्तक लिखने के लिए हमारी प्रशंसा के अधिकारी हैं। यह पुस्तक उनके विस्तृत ज्ञान, अथक परिश्रम और दूरदर्शिता का प्रत्यक्ष प्रमाण है।

धरनी पी. सिंहा
भूतपूर्व प्रधानाचार्य
ऐडमिनिस्ट्रेटिव स्टॉफ कॉलेज ऑफ इंडिया,
बेला विस्टा, हैदराबाद

भूमिका

मैं 'कारगर और असरदार प्रबंधन' संबंधी अनेक कार्यक्रमों में पिछले 25 वर्षों से उच्च अधिकारियों के सम्मुख अपने भाषण देता आ रहा हूं, जिन्हें सभी अधिकारियों ने एक मत से सराहा है, और अपने कार्यक्षेत्र में उन सिद्धांतों का उचित प्रयोग भी किया है, तथा सफलता भी प्राप्त की है। उनकी सच्ची प्रशंसा सुनकर मेरा आत्मविश्वास और उत्साह काफ़ी बढ़ गया। इस प्रकार मुझे इस विषय पर एक पुस्तक लिखने की प्रेरणा मिली, ताकि हमारी बातें अधिक-से-अधिक पाठकों तक पहुंच सकें और उन सभी लोगों का भला हो सके। जो लोग अपनी आज की प्रबंधन कला को और भी निखारना-संवारना चाहते हैं और उच्चतम शिखर पर पहुंचना चाहते हैं, उन्हें यथा योग्य सफलता की प्राप्ति हो। इसी आशा और विश्वास से मेरी यह पुस्तक आपके सम्मुख प्रस्तुत है—शुभकामनाओं सहित।

यह पुस्तक बड़ी ही आसान और सामान्य बोल-चाल की भाषा में लिखी गई है, जिससे पाठकों को प्रबंधन के गूढ़ विषयों को समझने और उन पर चिन्तन करने में किसी प्रकार की परेशानी का सामना नहीं करना पड़े और उनका मन इस पुस्तक में लगा रहे। इस पुस्तक को पढ़ते समय आपको लग सकता है कि इस पुस्तक का लेखक आपके सामने खड़ा है और आपसे सीधे बातें कर रहा है। मैंने जानबूझ कर प्रबंधन के कठिन शब्दों का प्रयोग नहीं किया है, ताकि पाठकगण इस पुस्तक को आसानी से पढ़ सकें और इसमें व्यक्त विचारों को आसानी से ग्रहण कर सकें। अधिक व्यस्त अधिकारी इस पुस्तक को अपने अवकाश के समय या अपनी यात्रा में भी पढ़ सकते हैं, क्योंकि यह पुस्तक एक उपन्यास या कुछ लघु कथाओं के संकलन के रूप

में लिखी गई है। यह भी ज़रूरी नहीं है कि आप इस पुस्तक को आरम्भ से ही पढ़ना शुरू करें। आप इसे किसी भी अध्याय या अध्याय के किसी भी अंश से पढ़ सकते हैं, जैसे आप किसी लघु कथा के संकलन को पढ़ते हैं। ऐसा करने पर भी आपको प्रबंधन के अनेक नियम और अपना काम करने के अनेक नए-नए तरीक़े मिल सकते हैं।

हमने इस पुस्तक में प्रबंधन के कई नियमों एवं सिद्धांतों को और भी साफ-सुथरे तरीक़े से समझाने के लिए कई जीवन्त उदाहरण भी दिए हैं, जिनमें ज़्यादातर उदाहरण हमारे अपने स्वयं के कार्य करने के तरीक़े पर आधारित हैं।

हमने यह भी प्रयास किया है कि छोटे-बड़े सभी अधिकारी इस पुस्तक में दिए गए विचारों, प्रबंधन के अनेक तरीक़ों और जीवन्त उदाहरणों से समुचित सीख ले सकें और अपने कार्य करने के तरीक़ों में अच्छे-से-अच्छे बदलाव ला सकें, जिससे उनके प्रबंधन के कार्यों में हमेशा सफलता मिलती रहे।

इस पुस्तक को पढ़ने से यह भी ज्ञात हो जाता है कि किस तरह हम कम परिश्रम करके प्रबंधन के समुचित तरीक़ों को अपना कर अपना काम आसानी से और जल्दी पूरा कर सकते हैं। अपने जूनियर को महत्वपूर्ण कार्य सौंपना इनमें से एक प्रमुख कला है। इस पुस्तक में इस बात का भी विवरण है कि हम किन-किन तरीक़ों से अपने अमूल्य समय को बचा सकते हैं और उनका उपयोग अपने दूसरे महत्वपूर्ण कार्यों में कर सकते हैं। इस पुस्तक में अपनी रचनात्मक योग्यता को और बढ़ाने के कई तरीक़े भी बताए गए हैं। पुस्तक के अंत में कुछ केस स्टडी भी दी गई है और उनका विश्लेषण भी किया गया है, जिससे आप अपने प्रबंधन के कौशल में दिनों दिन निपुणता प्राप्त कर सकते हैं।

मैं उन सैकड़ों अधिकारियों का आभार व्यक्त करता हूं, जिन्होंने हमारे भाषणों को एकाग्रता से सुना, उनके सिद्धांतों को ग्रहण किया और हमारे भाषणों की भूरि-भूरि प्रशंसा की, जिससे हमारा उत्साह बढ़ा और मैं इस पुस्तक को लिखने में सफल हो सका। उन्होंने अपने जीवन में झेली विभिन्न प्रकार की समस्याओं से हमें अवगत कराया और उन समस्याओं को सुलझाने के संबंध में मेरी ख़ुद की राय भी मांगी। इस प्रकार यह पुस्तक

अधिकारियों के दैनिक कार्य को करने में काफ़ी हद तक मददगार साबित हो सकी।

मैं अपनी पत्नी का दिल से धन्यवाद अदा करता हूं, जिन्होंने इस पुस्तक को लिखने के लिए मुझे प्रेरित किया और इस काम को करने में हमारा हमेशा भरपूर साथ दिया और इस संबंध में कई सकारात्मक सुझाव भी दिए, जिससे यह पुस्तक अत्यधिक पठनीय हो सके।

मैं अपने बच्चों का तहे दिल से शुक्रिया अदा करता हूं कि उन्होंने इस पुस्तक की पांडुलिपि को ध्यानपूर्वक पढ़ा, ताकि इसमें कोई भूल न रह जाए। उन्होंने पुस्तक के संबंध में मुझे अनेकानेक महत्वपूर्ण परामर्श दिए, जिसके कारण यह पुस्तक और भी रुचिकर एवं अधिक पठनीय बन सकी।

मैं अपने योग्य पाठकों से सच्चे दिल से अनुरोध करता हूं कि वे अपने सुझावों से हमें अवगत कराते रहें, ताकि यह पुस्तक और भी अधिक अच्छी बन सके। मैं उनके सुझावों को इस पुस्तक के अगले संस्करण के समय अवश्य अपने ध्यान में रखूंगा।

सतीश बी. माथुर

ई मेल : satishb_mathur@yahoo.co.in

मोबाइल : 09839227181

अध्याय 1 अपने सहयोगियों को प्रोत्साहित करना

- अपने से जूनियर साथियों की भी सुनें
- उनकी तारीफ़ भी करें
- लोगों से अच्छा काम लेने के लिए उन्हें प्रोत्साहित करें
- छोटी-छोटी बातें, बड़ा-बड़ा परिणाम
- आप सबको समान प्यार दें; किसी एक को नहीं

अपने से जूनियर साथियों की भी सुनें

सिर्फ कहते हैं, कभी सुन भी तो लिया कीजे।
कभी सोचा भी है कि उनपे क्या गुज़रती है।।
– सतीश बी. माथुर

सिर्फ काम ही न दें; कान भी दें।
दूजों की बात सुनें; मान भी दें।।
– सतीश बी. माथुर

आप अपने जूनियर साथियों की बातें भी कभी सुनते हैं? शायद नहीं। और आप उनकी सुनें भी क्यों? क्योंकि आप मानते हैं कि आपके दफ़्तर में आप ही सबसे ज़्यादा गुणी, समझदार और लायक़ हैं, और कोई दूसरा है ही नहीं। आप उनसे कहीं बेहतर किसी भी समस्या को समझने-परखने और एक सही फैसला लेने में सक्षम और माहिर हैं। फिर उनकी अन्य विपरीत राय और कोई नया नज़रिया या दृष्टिकोण सुनें ही क्यों? और शायद आप सही भी हों। लेकिन कभी आपने सोचा भी है कि जब आप उनकी बातें नहीं सुनते हैं, तब उनके दिलोदिमाग़ पर क्या गुजरती है? शायद नहीं। सच तो यह है कि उन्हें लगता होगा कि जैसे आप उन लोगों की परवाह ही नहीं करते, क्योंकि आप उनकी एक नहीं सुनते। उनको आप जरा भी महत्व, अहमियत व ध्यान नहीं देते। यह भी हो सकता है कि वे अपने आपको नाक़ाबिल, नासमझ एवं अयोग्य समझने लगें; या शायद उनकी अपनी राय एवं दृष्टिकोण में कोई दम ही नहीं है, जो ध्यान देने योग्य हो। इस तरह अंततः वे स्वयं को राय देने योग्य नहीं समझने लगेंगे; और हीन भावना से

ग्रसित हो उठेंगे। यदि ऐसा ही चलता रहा तो आपके दफ़्तर की कार्य प्रणाली, कार्य-कुशलता एवं उत्पादकता में भी लगातार गिरावट आने में देर नहीं लगेगी। इससे आपकी अपनी ख़ुद की सफलता पर भी बुरा असर पड़े बिना नहीं रह सकता। इसलिए शीघ्र ही सतर्क हो जाने में ही सबकी भलाई है, क्योंकि अपनी हीन भावना एवं मनोदशा में वे आपके आदेशों का पालन तो अवश्य करेंगे, पर बेमन से, क्योंकि इन निर्णयों में उनका अपना कोई योगदान नहीं है। यदि आपका निर्णय सफल होता है, तो उन्हें कोई ख़ुशी का अनुभव नहीं होगा, और यदि आपका निर्णय कभी असफल होता दिखेगा तो भी वे दुखित नहीं होंगे, और कदाचित कभी अनायास ही वे प्रसन्न भी हो उठें, क्योंकि इस निर्णय में उन्हें भागीदार नहीं बनाया गया था। शायद वे मन-ही-मन ऐसा सोचने लगें कि "मैं जानता था कि यह निर्णय सही नहीं है। पर यहां मेरी सुनता ही कौन है? अब स्वयं अकेले ही ज़िम्मेदारी लो और भुगतो।"

इसके विपरीत ज़रा ग़ौर से सोचकर देखिए कि यदि आप अपने जूनियर साथियों से राय मांगेंगे, या उनकी सुनेंगे, तो कैसा दृश्य उभर कर सामने आएगा।

सबसे पहली बात तो यह है कि वे उत्साहित अनुभव करेंगे। वे अपनी संस्था में अपना महत्व समझने लगेंगे और अपनी संस्था की समस्याओं पर विचार और मनन करने लगेंगे। उन्हें विश्वास हो जाएगा कि आप उनके विचार एवं दृष्टिकोण पर ध्यान देते हैं, उन पर मनन एवं चिंतन करते हैं और उन्हें अक्सर पूर्णतया अथवा आंशिक रूप से मान भी लेते हैं। इस प्रकार वे इतने उत्साहित हो उठेंगे कि अक्सर अपनी संस्था की कुछ अदृश्य समस्याओं और उनके कुछ समाधान भी आपके सामने प्रस्तुत करेंगे, जिन पर ग़ौर कर आप अंततः ऐसा निर्णय ले पाएंगे, जिससे आपके संस्थान की कार्यप्रणाली में दिनों-दिन सुधार नज़र आने लगेगा।

कभी ऐसा भी हो सकता है कि आप उनके परामर्श को न मानें। फिर भी वे निराश या असंतुष्ट नहीं होंगे। उन्हें यह संतोष अवश्य होगा कि आपने उनके विचार सुने। उन पर विचार किया और आख़िर में आपने जो सही समझा वही निर्णय लिया। आख़िर आप उनके आला अफ़सर हैं; प्रमुख

अधिकारी हैं। उनसे अधिक अनुभवी एवं कुशल हैं और आपका निर्णय ही सर्वश्रेष्ठ है।

उनके विचारों को न मानने की स्थिति में यह और भी अच्छा होगा कि आप उन्हें यह समझा पाएं कि उनके विचार किसी वर्तमान स्थिति में क्यों मान्य नहीं हैं। लेकिन प्रत्येक स्थिति में ऐसा करना संभव एवं ज़रूरी भी नहीं है। ज़रूरी तो यह है कि ऐसे समय में भी आप उनको यह एहसास दिलाते रहें कि फिर भी उनके विचार, परामर्श महत्वपूर्ण व विचारणीय हैं, ताकि वे निराश न हों।

यदि आप उन्हें यह एहसास दिलाते रहेंगे कि आप उनके विचारों पर इसलिए ग़ौर नहीं करते क्योंकि वे भिन्न हैं, तो यह बात नीचे तक चली जाएगी कि आप उनके भिन्न विचारों में तनिक भी दिलचस्पी नहीं लेते। इस दशा में आपके जूनियर अफ़सर यही बेहतर समझेंगे कि वे आपके विचारों को ही मान लें और अपने भिन्न दृष्टिकोणों से आपको अवगत ही न करा पाएं। इस तरह आप उनके विभिन्न विचारों से अनभिज्ञ रह जाएंगे। हो सकता है उनका भिन्न दृष्टिकोण अधिक महत्वपूर्ण हो और आप उनको ध्यान में रखकर कुछ और अधिक अच्छा एवं सफल निर्णय ले पाते।

कई आला अफ़सर तो अपने जूनियर अफ़सरों के विभिन्न विचार तो सुनते ही हैं; इसके अलावा वे उन्हें अपने विभिन्न विचारों को सामने रखने के लिए सदा उत्साहित भी करते रहते हैं; उन्हें उकसाते रहते हैं। वे मानते हैं कि ऐसा करने से किसी भी समस्या के विभिन्न पहलुओं पर विचार करने में मदद मिलेगी और वे सही निर्णय ले पाने में सफल होंगे। यदि आपके जूनियर अफ़सर आपसे भिन्न विचार प्रस्तुत करने में हिचक महसूस करते हैं और सदा आपके ही विचार में हां-में-हां मिलाते हैं, तो ऐसे व्यक्ति के विचार सुनने से क्या लाभ? क्योंकि आप जानते हैं कि वह आपकी ही बात दोहराएगा।

अल्फ्रेड पी. स्लोन, जूनियर, जनरल मोटर्स का मुख्य अधिकारी, अक्सर अपने विचारों से भिन्न विचारों को सुनने के लिए अपने जूनियर्स को उत्साहित करता था; उन्हें उकसाता रहता था। हां-में-हां मिलाने वाले अफ़सर के लिए उसके पास ज़रा-सी भी जगह नहीं थी। एक बार जब वह

किसी समस्या के बारे में अपने अफ़सरों से विचार-विमर्श कर रहा था, तो किसी भी अफ़सर ने उससे भिन्न कोई भी राय प्रस्तुत नहीं की। तब उसने कहा कि यदि आप हमारी ही राय से सहमत हैं, तो यह सभा स्थगित की जाती है, ताकि आपको काफ़ी समय मिल सके, यह समझने के लिए कि आख़िर समस्या है क्या, एवं इसके विभिन्न पहलू व समाधान क्या-क्या हो सकते हैं? और वह सभा स्थगित कर दी गई। बाद में दूसरी सभा बुलाई गई थी।

काम की बातें (Action Points)

☞ हमें अपने जूनियर अफ़सरों की बातें भी सुननी चाहिए। इस तरह वे अपने को महत्वपूर्ण समझेंगे। आप उन्हें उत्साहित करें कि वे किसी भी समस्या पर विचार एवं मनन करें। उनके विभिन्न विचार हमें अपना सही निर्णय लेने में काफ़ी मददगार साबित होंगे।

☞ हमें समझ लेना चहिए कि अपने जूनियर अफ़सरों की बातें नहीं सुनने से उन पर क्या गुज़रती है, और इसका क्या नुकसान है? यदि आप आज तक अपने जूनियर अफ़सरों की बातें नहीं सुनते हैं, तो अभी से ही उनकी बातें, उनके विभिन्न विचार, सुनना शुरू कर दें। इसमें ही आपका भला है।

☞ हमें जान लेना चाहिए कि हमारा अपने जूनियर अफ़सरों के विभिन्न विचार सुनने का तात्पर्य यह कदापि नहीं है कि हम उनकी सारी बातें मान ही लें। इतना ही काफ़ी है कि आप उनके विचार सुनते हैं और उन पर ग़ौर करते हैं और अपना अंतिम निर्णय लेते समय उनके विचारों को भी ध्यान में ज़रूर रखते हैं।

☞ और अंततः जब अंतिम निर्णय ले लिया गया हो, तब सभी जूनियर अफ़सरों को उस पर अमल करना चाहिए, एवं उसको सफल बनाने में एड़ी-चोटी का पसीना एक कर देना चाहिए। और इसके बाद किसी भी मतभेद की गुंजाइश नहीं रह जाती है।

उनकी तारीफ़ भी करें

प्रशंसा के दो शब्द ही काफ़ी हैं;
काम लेने के लिए दो शब्द ही काफ़ी हैं।
ग़लती के लिए फटकार भी सकते हैं उन्हें;
उन्हें सुधारने के लिए दो शब्द ही काफ़ी हैं।।
– सतीश बी. माथुर

जब कभी आपका जूनियर कोई अच्छा सराहनीय काम करता है, तब आप उन्हें शाबाशी देते हैं; उनकी पीठ थपथपाते हैं? शायद नहीः क्योंकि आप समझते हैं कि यदि अच्छे कामों के लिए भी उनकी तारीफ़ की गई, तो वे संतुष्ट एवं कामचोर हो जाएंगे और उनकी उत्पादकता में कमी आ जाएगी। शायद आप समझते हों कि उनके अच्छे कामों को नज़र-अंदाज करना और उनकी छोटी-से-छोटी ग़लतियों पर फटकार लगाने से वे हमेशा अच्छा और सही काम करेंगे, तो आपकी यह धारणा सरासर ग़लत है। इसका बुरा प्रभाव पड़े बिना नहीं रह सकेगा, क्योंकि वे निरुत्साहित हो उठेंगे; उनकी कामों में रुचि एवं एकाग्रता कम होने लगेगी। जो लोग अपने बारे में अच्छा महसूस करते हैं, वे अच्छा उत्पादन करते हैं; और जो लोग अच्छा उत्पादन करते हैं, वे अपने बारे में अच्छा महसूस करते हैं। ऐसा स्वस्थ चक्र चलता रहता है, जिससे साथ-ही-साथ उनका स्वयं का भी भला होता है और उनकी संस्थान का भी। कार्यकर्ता या कर्मचारी को अपने काम में मज़ा आता है, जिससे वह अपनी सक्षमता की पराकाष्ठा तक पहुंचना चाहता है। साथ-ही-साथ संस्था अपने सभी कर्मचारी से अधिकतम काम ले पाती है और उत्पादकता

एवं आय दोनों ही बढ़ती जाती है। जब आप अपने जूनियर की पीठ थपथपाते हैं, तो वह अपने बारे में ख़ुश होता है और उसका आत्मविश्वास एवं आत्मसम्मान बढ़ता है। साथ ही वह यह भी समझता है कि उसका अफ़सर उसके बारे में अच्छी धारणा रखता है। इस तरह वह अपने बारे में अपने अफ़सर की अच्छी धारणा बिगड़ने नहीं देना चाहता और वह इस लिए अधिक-से-अधिक परिश्रम करता है। यदि उनका पाला कभी ऐसे अफ़सर के साथ पड़ जाता होगा, जो कभी भी उनकी तारीफ़ नहीं करता होगा तो उन पर क्या गुज़रती होगी। तब उनकी अंतर-आत्मा उनसे कहती होगी कि आप बेकार, असमर्थ एवं अप्रंशनीय हैं। उन्हें आत्मग्लानि सताने लगती होगी। इससे उनका ख़ुद का नुकसान तो अवश्य ही होता होगा, उनकी संस्था का नुकसान भी बिना हुए नहीं रह सकता, क्योंकि वह काम इसलिए करता है कि उसे 'काम करना पड़ता है'; इसलिए नहीं कि उसे 'काम करना अच्छा लगता है'। इस तरह उसकी कार्य-कुशलता में गिरावट आती है और उसकी उत्पादकता में भी। और कुल मिलाकर अंततः संस्था का ही नुकसान होता है और आला अफ़सर की बदनामी भी।

सच तो यह है कि आला अफ़सर के पास अपने जूनियर को उत्साहित एवं प्रोत्साहित करने के जितने भी नुस्ख़े या हथकंडे हैं, उनमें जूनियर की तारीफ़ करना सर्वप्रथम स्थान रखता है। यह तथ्य लगभग सभी आला अफ़सरों को ज्ञात है। पर दुःख की बात तो यह है कि ऐसा जानकर भी वे इस नुस्ख़े का सही प्रयोग शायद ही कभी करते हैं।

किसी भी संस्था या उद्योग में धन, सामान, मशीन एवं मानव (पुरुष एवं नारी) ज़रूरी संसाधन हैं, जिनमें मानव ही सर्वश्रेष्ठ है एवं प्रमुख है। इसमें ज़रा भी शक की गुंजाइश नहीं है। योग्य अफ़सर मानव संसाधन से ही काम लेते हैं और उनके साथ कार्य करते हैं। उत्पादन एवं मानव संसाधन साथ-साथ चलते हैं। यदि हमें उत्पादन की चिंता है, तो हमें अपने मानव संसाधन का भी ध्यान रखना ज़रूरी है। सभी अफ़सर अपने जूनियर का वेतनमान या उनकी प्राप्त सुविधाओं को बढ़ा तो नहीं सकते, लेकिन उनके अच्छे कामों के लिए उनकी पीठ तो थपथपा ही सकते हैं। तब देर किस बात की है। आप प्रबंधन के इस विशेष साधन का सुचारु रूप से उपयोग आज

ही से आरम्भ कर दें। अब इसके बारे में क्या करना चाहिए–कब और कितनी बार और कैसे? यह विचार भी आपके दिमाग़ में ज़रूर आते होंगे।

जब आप उनकी प्रशंसा करें, तो सरेआम करें; सबके सामने। जब भी आप देखें कि आपके किसी जूनियर ने कोई अच्छा काम किया है, तो आप उसके पास जाएं; उसकी पीठ थपथपाएं; मित्रता भाव से उसके कंधे पर हाथ रखें, या उससे हाथ मिलाएं और उसकी तारीफ़ करें। उसे यह बताएं कि उसने क्या अच्छा काम किया है और आप उससे कितना अधिक ख़ुश हैं और उसकी कितनी क़द्र करते हैं। यह बात तो आप भी मानते हैं कि जब कोई आपकी तारीफ़ करता है, तब आप अंदर से कितनी ख़ुशी अनुभव करते हैं। आप अपनी तारीफ़ एक बार नहीं, दोबारा भी सुनना चाहते हैं। जब आप किसी जूनियर की तारीफ़ करें, तो तारीफ़ करने के बाद थोड़ी देर उसके पास चुपचाप खड़े रहें, ताकि आपकी प्रशंसा को वह पूरी तरह आत्मसात् कर सके, भीतर से अनुभव कर सके और उसे यह प्रतीत हो कि आपको उस पर कितना गर्व है।

अक्सर आला अफ़सर इसी ताक में रहते हैं कि अपने किसी जूनियर की ग़लती पकड़ें और उसे फटकार दें। आप इस बुरी आदत को न अपनाएं। और यदि यह बुरी आदत आप में भी है, तो उसे छोड़ दें। और आप दूसरों को ग़लत काम करते पकड़ने के बजाय उन्हें अच्छा और सही काम करते 'पकड़ने' की आदत डालें और उनकी तत्काल तारीफ़ करें। जब भी आप किसी की तारीफ़ करें तो ईमानदारी से करें–दिखावा न करें। उसे यह एहसास हो जाए कि आपकी तारीफ़ में कितनी सच्चाई एवं ईमानदारी है। और आप इस बात का भी ध्यान रखें कि आप अक्सर एवं बेवजह कभी भी तारीफ़ न करें–वरना लोग समझ जाएंगे कि आपकी तारीफ़ में ईमानदारी नहीं है बल्कि बेवजह तारीफ़ करना ही आपकी आदत-सी बन चुकी है।

जब आप अपने जूनियर की तारीफ़ करते हैं, तो उन्हें अच्छा लगता है। वे अपने बारे में भी अच्छा सोचने-समझने लगते हैं और पूरी लगन से काम करते हैं। जब आप उनकी तारीफ़ सरेआम, उनके सहयोगियों के सामने करते हैं, तो उन्हें और भी अच्छा लगता है। इस तरह उनके दूसरे साथी भी उत्साहित होते हैं और लगन से काम करने लगते हैं ताकि अगली बार उनका

अफ़सर उनकी भी तारीफ़ सरेआम करे और उन्हें अच्छा लगे। इसका एक और अच्छा असर यह होता है कि सभी जूनियर अपने काम में भारी रुचि लेने लगते हैं और काम करने में अपनी एड़ी-चोटी का पसीना एक कर देते हैं और अपनी कार्य-कुशलता को चरम सीमा पर पहुंचाने की चाह रखते हैं। जब आपका जूनियर कोई नया काम सीख रहा होता है, तब आप उसका थोड़ा अच्छा काम करने पर तारीफ़ करने में देरी न करें। वह धीरे-धीरे लगन से काम करते-करते बहुत ही अच्छा काम करने लगेगा। जब आप अपने बच्चे को बोलना सिखाते हैं, या किसी जानवर को साइकिल चलाना सिखाते हैं, तो काफ़ी धैर्य से काम लेते हैं और उसकी हर अच्छी कोशिश पर तारीफ़ करते हैं। यही मूल मंत्र आप अपने जूनियर पर भी लागू करें; जो कोई नया काम करना सीख रहा होता है। इससे काफ़ी लाभ होगा।

आप अपने जूनियर की प्रशंसा अकेले में भी कर सकते हैं। आप उसे अपने कमरे में बुलाएं और उसकी तारीफ़ करें और उसे यह बताना नहीं भूलें कि उसने कौन-सा अच्छा काम किया है। आप अपने जूनियर की तारीफ़ कई और ढंग से भी कर सकते हैं।

अपने जूनियर की सरेआम तारीफ़ करने के भी अलग-अलग तरीक़े हैं। जैसे, कभी अपने प्रबंधन की सेमिनार में आप कहते हैं कि आप अपने सभी 55 शाखा प्रबंधकों के काम से अति प्रसन्न हैं और उन पर गर्व महसूस करते हैं, तो उन सभी शाखा प्रबन्धकों के चेहरे ख़ुशी से चमक उठते हैं और उसके बाद वे और भी पूरी लगन से काम करने लगते हैं। वे अपने अफ़सर के आदेशों का पालन पूरी लगन, मन और सामर्थ्य के साथ करने लगते हैं।

यदि आप किसी सभा या सेमिनार में अपने जूनियर की प्रशंसा करते हैं और ख़ासतौर पर बताते हैं कि किस-किस जूनियर ने कौन-कौन से अच्छे काम किए हैं तो वे अपनी ख़ुद की नज़रों में तो ऊंचे उठते ही हैं, आप भी उनकी नज़रों में, और दूसरों की नज़रों में भी, काफ़ी उठ चुके होते हैं।

अपने जूनियर द्वारा लिखे किसी पत्र, रिपोर्ट, इत्यादि, पर अच्छी और उत्साहजनक टिप्पणी भी प्रशंसा का अच्छा तरीक़ा है–'अच्छी रिपोर्ट', 'धन्यवाद', 'अच्छा लिखा पत्र', 'शाबाश' इत्यादि, टिप्पणियां काफ़ी कारगर सिद्ध होती हैं। वह आपकी टिप्पणी को कई बार पढ़ेगा, अपने साथियों को

दिखाएगा और मन-ही-मन ख़ुश और उत्साहित होगा। और आपकी और भी ज़्यादा कद्र और प्रशंसा करेगा।

जब आप उन्हें कोई ज़िम्मेदारी भरा महत्वपूर्ण कार्य सौपेंगे, तो वह इसे अधिक भार महसूस नहीं करेगा। बल्कि वह गर्व महसूस करेगा कि आपने इस महत्वपूर्ण कार्य के लिए खासतौर पर उसे ही चुना है, और वह उस कार्य को पूरी लगन और निष्ठा के साथ अंजाम देगा। और आपकी अपेक्षा से कहीं ज़्यादा अच्छा काम करेगा। इसमें उसकी भी जीत है और आप की ख़ुद की भी।

यदि आप अपने जूनियर को अच्छा काम करते 'पकड़ने' की आदत बनाना चाहते हैं, तो आप अपने बन्द केबिन से अधिक-से-अधिक बाहर निकलने और कार्यशाला में घूमने की आदत-सी डाल लें, ताकि आप किसी-न-किसी जूनियर को अच्छा काम करते 'पकड़' सकें और उसे शाबाशी दे सकें। इस प्रकार आप अपने सहयोगियों में एक साथ जुटकर एक टीम की तरह काम करने की आदत भी डाल सकेंगे और आपकी उत्पादकता दिन-दूनी रात-चौगुनी बढ़ सकती है। आपकी केबिन से अक्सर बाहर निकलने की आदत आपके सहयोगियों पर कड़ी नज़र रखने का एक अच्छा तरीक़ा भी साबित हो सकता है। इस तरह आपके सभी कर्मचारी मन लगाकर काम करते पाए जाएंगे, क्योंकि वे चाहेंगे कि जब आप अगली बार अपने केबिन से बाहर निकलें और कार्यशाला का भ्रमण करें, तो शायद आप उनकी तारीफ़ करें, जब आप उन्हें कोई अच्छा काम मन लगाकर करते पाएं।

लेकिन यह भी ध्यान रखें कि उत्तम प्रबंधन का अर्थ सिर्फ तारीफ़ करना ही नहीं है। इसमें सही तौर पर सही समय सही मात्रा में डांटना-फटकारना भी सम्मिलित है, क्योंकि यदि आप अपने लोगों की ग़लतियों और कमियों को अनदेखा करेंगे, तो वे समझने लगेंगे कि आपकी उनके कामों पर कड़ी नज़र नहीं है। और वे आपकी इस उदारता का अनुचित फ़ायदा उठाने लग सकते हैं। और अपने काम में ढील देने लग सकते हैं। इसलिए आप उन्हें ग़लती करने या काम में ढील देने की छूट कदापि न दें। इससे आपकी और उन सबों की कार्य-कुशलता में कमी आना स्वाभाविक-सा हो जाएगा।

उत्तम प्रबंधन का सार यह है कि आपकी तारीफ़ करने और डांट लगाने में सही सामंजस्य एवं नपा-तुला सम्मिश्रण हो। मगर एक बात का और ध्यान रखें। जब आप किसी कर्मचारी को डांट पिलाएं तो उसे ऐसा लगना चाहिए कि आप उसे अभी भी पसंद करते हैं। आप सिर्फ़ उसकी ग़लती की वजह से फटकार लगा रहे हैं, ताकि वह ऐसी ग़लती दोबारा न कर सके। उसे यह भी एहसास दिलाएं कि उसका और काम सही है और आपके दिल में उसके लिए वही प्यार, सम्मान और गर्व है।

एक बात और! सही और संतुलित डांट का जितना अच्छा असर हो सकता है, ग़लत समय पर, ग़लत बात पर, ग़लत तरीक़े से डांटने का परिणाम भी उतना ही बुरा हो सकता है।

इसके अलावा आप इस बात का भी ध्यान रखें कि जब किसी को डांटना हो तो उसे सबके सामने न डांटें। इससे उसके आत्म-सम्मान पर चोट पहुंचेगी। उसे अलग से अपने कमरे में बुलाएं और उसकी कमियों पर उसका ध्यान आकृष्ट करें और यह सुनिश्चित करें कि वह ऐसी ग़लती दोबारा न करे। और सबसे ज़रूरी बात यह है कि डांट सटीक और छोटी हो–इसे लम्बा न खींचे।

काम की बातें (Action Points)

- जब हमारा कोई सहयोगी अच्छा काम करता है, तो हमें उसकी सटीक प्रशंसा करनी चाहिए और वह भी जल्दी-से-जल्दी। इसमें देर नहीं होनी चाहिए।
- तारीफ़ करने से वे कामचोर नहीं हो जाएंगे। बल्कि उत्साहित महसूस करेंगे और भविष्य में और भी अच्छा काम करेंगे।
- हमें यह भी ध्यान रखना चाहिए कि हर व्यक्ति की कार्य-क्षमता भिन्न होती है। लेकिन एक बात तो तय है कि हर व्यक्ति अपने कामों में दिन-प्रतिदिन सुधार ज़रूर ला सकता है, यदि उसे उत्साहित एवं प्रोत्साहित करते रहा जाए।
- इसलिए हमें उनकी हर अच्छी कोशिश की प्रशंसा करनी चाहिए। उनके सर्वोत्तम काम करने तक प्रतीक्षा नहीं करनी चाहिए। इस प्रकार धीरे-धीरे वे अंततः अपनी सामर्थ्य अनुसार उच्च कोटि का काम करने लगेंगे।
- ध्यान रहे कि आपकी तारीफ़ सिर्फ जल्द ही न हो–आपकी तारीफ़ सटीक भी हो, ताकि आपके कर्मचारी को पता चल सके कि उसने कौन-सा अच्छा काम किया है, जिसकी तारीफ़ की जा रही है। और सबसे ज़्यादा ज़रूरी यह है कि आपकी तारीफ़ में आपकी सच्चाई झलके और जिसकी तारीफ़ की जा रही है, उसे भी महसूस हो कि आप सच्चे दिल से उसकी तारीफ़ कर रहे हैं।
- हमें अपने सहयोगियों की तारीफ़ सरेआम, सबके सामने, करनी चाहिए। और हम उनकी तारीफ़ अनेक ढंग से कर सकते हैं।
- लेकिन यदि कभी-कभार किसी सहयोगी को डांटना ही पड़ जाए तो उसे सबके सामने न डांटें। उसे अलग से अपने कमरे में बुला कर डांटें और समझाएं कि वे उसे सुधारने के लिए डांट रहे हैं, ताकि वह भविष्य में ऐसी ग़लती न करे और दिनों-दिन अच्छा काम करता रहे।

लोगों से अच्छा काम लेने के लिए उन्हें प्रोत्साहित करें

आपका प्रोत्साहन, एक अचूक है दवा।
अच्छा काम करने की, बहती है हवा॥
– सतीश बी. माथुर

प्रबंधन एक कला है। इसीलिए यह सीखी भी जा सकती है और सुधारी भी जा सकती है। धीरे-धीरे काम करते-करते यह और भी सुधर सकती है। प्रबंधन का अर्थ है, अपने सभी साधनों का सही उपयोग करना। धन का, मशीन का, सामानों का, और सबसे ज़रूरी है अपने मानव संसाधनों का सही उपयोग करना। वह इसलिए कि हम अपने सारे काम मानव संसाधन द्वारा और उनके साथ करते हैं और कराते हैं, और हमारी उत्पादकता उन्हीं के मन लगाकर कार्य करने से बढ़ती है। इसलिए उन्हें अपना सबसे अधिक महत्वपूर्ण साधन मानकर उनसे अच्छा व्यवहार करना चाहिए। उन्हें अपने व्यवसाय में भागीदार मानना चाहिए। इन आशयों की बातें कई महान लेखकों की रचनाओं एवं पाठ्य-पुस्तकों में भी मिलती हैं।

आप अपने कार्यकर्त्ताओं से ज़बर्दस्ती काम तो करा सकते हैं, लेकिन ज़बर्दस्ती अच्छा काम कदापि नहीं करा सकते। आप उनसे अच्छा काम उन्हें उत्साहित करके ही पा सकते हैं। इससे उनका उत्साह बढ़ेगा और वे अपने सामर्थ्य अनुसार मन लगाकर अच्छा काम करेंगे और आपकी उत्पादकता में वृद्धि होगी। इस तरह उनकी अंतर-आत्मा भी उन्हें मन लगाकर अच्छा काम करने को प्रोत्साहित करती रहेगी।

आप अपने सहयोगियों की तारीफ़ करके उनके मनोबल को ऊंचा उठा सकते हैं और उत्पादन शक्ति को भी, क्योंकि जो लोग अपने बारे में अच्छा सोचते-समझते हैं वे अधिक उत्पादन करते हैं। और जो लोग अधिक उत्पादन करते हैं वे अपने बारे में अच्छा समझते हैं। और यह स्वस्थ चक्र चलता रहता है। और इससे आपकी संस्था का धन लाभ भी दिन-दूना रात चार-गुना बढ़ता रहता है। लेकिन सिर्फ प्रशंसा करना या उत्साहवर्धन करना ही हमेशा ज़रूरी नहीं है। आप उनकी ग़लतियों पर उन्हें डांट-फटकार भी सकते हैं। यह भी उतना ही ज़रूरी है। लेकिन डांट-फटकार सही कारणवश एवं सही ढंग से होनी चाहिए और बस थोड़ी देर के लिए ही। इसे अनावश्यक तौर पर खींचिए मत। अगर तारीफ़ उत्कृष्ट कार्य का ईनाम है तो डांट-फटकार ग़लत कामों का दाम है। हर व्यक्ति को अपनी ग़लतियों का दाम चुकाना ही चाहिए–जल्दी और सही मात्रा में, ताकि वे आइंदा ऐसी ग़लती न कर सकें। साथ ही हर कर्मचारी की अक्सर तारीफ़ भी करनी चाहिए। इसके लिए आपको अपने बन्द कमरे से अक्सर बाहर निकलना भी चाहिए, ताकि आप उनको कोई अच्छा काम करते हुए 'पकड़' सकें और उनकी पीठ थपथपाएं और यह भी बताएं कि उन्होंने क्या अच्छा काम किया है? लेकिन उन्हें कभी-कभी डांटना भी ज़रूरी हो जाता है, ताकि उनकी उत्पादन-क्षमता और अधिक न गिरे। प्रबंधक को, 'कड़क और अच्छा होना चाहिए', न कि 'अच्छा और कड़क'; ऐसा एक पुस्तक 'वन मिनट मैनेजर' में ज़ोर देकर लिखा गया है, और यह अक्षरशः सही भी है। लेकिन यहां ध्यान में रखने योग्य बात यह है कि जबकि सही और उचित डांट-फटकार ग़लती करने वाले कर्मचारी को सुधार सकती है, उसी तरह ग़लत बात पर और ग़लत तरीक़े से की गई डांट-फटकार, उसके मनोबल, आत्म-सम्मान और उत्पादन-क्षमता को गिरा भी सकती है–काफ़ी हद तक, काफ़ी दिनों के लिए, भले ही हमेशा के लिए नहीं।

इस संबंध में मुझे अपना एक खास अनुभव अनायास ही याद आ जाता है। अपने स्थांतरण पर मैंने अपनी गाड़ी ट्रक द्वारा लखनऊ से हैदराबाद भेजी थी। रास्ते में ट्रक के एक पहिए के निकल जाने से ट्रक उलट गया और मेरी गाड़ी बुरी तरह से क्षतिग्रस्त हो गई। मगर यह चालू हालत में थी।

इसलिए मैं कुछ दिनों तक उसे ऐसी ही हालत में चलाता भी रहा। क्योंकि मेरी गाड़ी काफ़ी क्षतिग्रस्त थी, हमें अपनी गाड़ी चलाते समय एक-आध हलके धक्के लगने की परवाह ज़रा भी नहीं होती थी। मैं सोचता था कि इस तरह शायद कोई पुरानी क्षति सुधर ही जाए। लेकिन जब मैंने गाड़ी की क्षति सुधरवा ली और उसे शौक से पेंट भी करा लिया तब मैं बड़ी सावधानी से गाड़ी चलाता था, ताकि इसमें कोई हल्की सी खरोच भी न आ जाए। इस बात का ज़िक्र करने का ख़ास मतलब यह है कि आप किसी भी कर्मचारी को इतनी ज़्यादा डांट-फटकार न पिला दें कि वह मेरी क्षतिग्रस्त गाड़ी की माफ़िक हो जाए और उस पर आपकी डांट का कोई असर ही बाकी न रह जाए। वह आपकी डांट-फटकार की सरासर अनदेखी करने लगे।

आप अपने कर्मचारी को डांटे ज़रूर, लेकिन इतना ही डांटे और इस भावना से डांटे कि उसमें दिन-प्रतिदिन सुधार आने लगे और वह सही राह पर चलने लगे। ऐसा न हो कि वह हर समय के लिए बिगड़ ही जाए–बद से बदतर होने लगे। और ध्यान रहे; प्रत्येक व्यक्ति की कार्यक्षमता एक समान नहीं होती है। इसीलिए आपको उनकी कमज़ोरी पर भी ध्यान देना चाहिए और सुधारना चाहिए। आप उसे उतना ही डांटे और उससे उतने ही उत्पादन की अपेक्षा करें, जितनी उसकी क्षमता हो।

वरना वह जान-बूझकर अपनी क्षमता से भी कम काम करने लगेगा और उतना ही भर काम करेगा, जिससे उसकी नौकरी सही सलामत रहे। उससे अधिक नहीं। इस तरह आपकी संस्था का और आपका ख़ुद का भी नुकसान ही होगा, क्योंकि आप उसे नौकरी से निकाल भी नहीं सकेंगे और उसे एक भार समझकर ढोने के अलावा कुछ नहीं कर सकेंगे।

आप किसी को जबरन कार्य-कुशल नहीं बना सकते। कोई भी अपनी कार्य-कुशलता के अनुरुप भरपूर काम तभी करेगा, जब वह अपने अंदर से उत्साहित होगा। इसलिए आपको चाहिए कि आप अपने कर्मचारी को अच्छे कामों के लिए अक्सर प्रोत्साहित करते रहें। एक बात का और ध्यान रखें। आप किसी को इस हद तक डांट-फटकार न पिला दें कि उस पर आपकी डांट का असर ही जाता रहे।

काम की बातें (Action Points)

- ☞ हमें इस बात का हमेशा ध्यान रखना चाहिए कि हम अपने सहयोगियों द्वारा, अपने सहयोगियों के साथ ही काम करते हैं। हम इसी तरह अपनी उत्पादकता बढ़ाने और अधिक धन कमाने में सफल होते हैं।
- ☞ हमें समझ लेना चाहिए कि हम किसी कर्मचारी को जबरन काम करने को मजबूर तो कर सकते हैं, लेकिन उन्हें अच्छा काम करने के लिए मजबूर नहीं कर सकते। उनसे अच्छा काम लेने के लिए उन्हें प्रोत्साहित करना, उनकी अच्छे कामों के लिए प्रशंसा करना, ज़रूरी है। तब जाकर वे अच्छा काम इसलिए नहीं करेंगे कि उन्हें 'काम करना पड़ता है'। बल्कि वे इसलिए काम करेंगे कि उन्हें 'काम करना अच्छा लगता है'।
- ☞ इसलिए हमें उनके अच्छे कामों के लिए उनको शाबाशी देना, उनकी पीठ थपथपाना, ज़रूरी है। हमें उनकी भलाई का भी ध्यान रखना चाहिए। उनसे आदर सहित पेश आना चाहिए, कुशल व्यवहार करना चाहिए। सबसे अच्छा तो यह हो कि आप उन्हें अपने व्यवसाय में भागीदार समझें।
- ☞ हमें उन्हें उनकी ग़लतियों पर डांटना भी चाहिए। लेकिन हमें सदा याद रखना चाहिए कि सही समय पर, सही ग़लती के लिए, सही तौर पर ही डांटना चाहिए, ताकि उनके कामों एवं व्यवहार में सुधार आए। ग़लत डांट-फटकार उन्हें अनुत्साहित कर सकती है।
- ● और आप उन्हें हद से ज़्यादा भी न डांटे कि वे निर्लज्ज हो उठें और उन पर आप की सही डांट का भी कोई असर ही न हो।

छोटी-छोटी बातें, बड़ा-बड़ा परिणाम

सतसैया के दोहरे, ज्यों नाविक के तीर।
देखन में छोटन लगें, घाव करें गम्भीर।।

– *बिहारी*

प्रबंधन में छोटी-छोटी बातें भी बहुत महत्वपूर्ण होती हैं–ख़ासतौर पर मानव संसाधन के क्षेत्र में। लोगों के प्रति आपका अच्छा व्यवहार, उनका दिल जीत सकता है और आपके एवं आपकी संस्था के प्रति अपनत्व का भाव पैदा कर सकता है। वे अपनी पूरी शक्ति व योग्यता के अनुसार जी-जान लगाकर कार्य करते हैं और आपकी संस्था की उत्पादकता बढ़ाने में भी उल्लेखनीय योगदान देते हैं। इससे आपका व्यवसाय उन्नति की चरम सीमा तक पहुंच सकता है। इसके विपरीत आपका छोटा-सा, नैतिक ही सही, दुर्व्यवहार एवं अपशब्द, उन्हें अपनी संस्था से अलगाव का भाव दिला सकता है, जो आपकी संस्था की भलाई के विपरीत जा सकता है। हम सभी इस बात को अच्छी तरह समझते हैं, लेकिन इसे कार्यान्वित करने में कोताही बरतते हैं।

एक युवा व्यक्ति एक सरकारी बैंक में अफ़सर के पद पर नियुक्त होने गया। शाखा प्रबंधक ने सारी औपचारिकता पूर्ण करने के बाद उसे अपने काम पर लगा दिया। उससे उसके रहने-सहने, खाने-पीने के प्रबंध के बारे में कोई भी पूछताछ नहीं की। दो सप्ताह बाद ही उस शाखा प्रबंधक का तबादला हो गया और उसकी जगह एक अन्य शाखा प्रबंधक ने स्थान ग्रहण किया। स्थान ग्रहण करते ही उसने उस युवा अफ़सर को अपने कमरे में बुलाया और उसके रहने-सहने, खाने-पीने के प्रबंध के बारे में अपनत्व के नाते पूरी पूछताछ की। और जब उसे पता चला कि वह किसी होटल में रह

रहा है, तब उसने उसके रहने-सहने एवम् खाने-पीने का प्रबंध उस स्टील कंपनी में, जिसके परिसर में बैंक की शाखा थी, करा दिया। वह युवा व्यक्ति आज भी उस संवेदनशील शाखा प्रबंधक का तहे दिल से आभार मानता है। ऐसा पिछला शाखा प्रबंधक भी कर सकता था और उस युवा व्यक्ति के रहने-सहने, खाने-पीने का प्रबंध हो जाता, लेकिन अपनी संवेदनहीनता की वजह से वह ऐसा नहीं कर पाया था। इसलिए हमें दूसरों के प्रति संवेदनशील ज़रूर होना चाहिए। अक्सर बैंकों और अन्य संस्थाओं में ज़्यादातर प्रबंधक एवं अधिकारी अपने जूनियर से संवेदनहीन व्यवहार करते हैं। शायद इसीलिए इन संस्थाओं में जनसेवा का अभाव पाया जाता है।

एक व्यक्ति की एक निजी क्षेत्र की संस्था में नियुक्ति हुई। वह नौकरी के पहले दिन उस संस्था के आला अफ़सर से मिलने गया। जब उसके सेक्रेटरी ने आला अफ़सर को उसके आने की सूचना दी, तो उस अफ़सर को अंदर बुलाने के बजाय वह स्वयं अपने कमरे से बाहर आया और उसे अपने साथ अंदर ले गया। निश्चिंत भाव से आला अफ़सर ने उस व्यक्ति से काम की बातें की और अंत में फिर उसे स्वयं अपने कमरे के दरवाज़े तक छोड़ने आया। इस सभद्र एवं अपनत्व भरे व्यवहार का उस व्यक्ति पर इतना गहरा असर हुआ कि जब तक वह उस संस्था में रहा, उसमें अपने आला अफ़सर के प्रति अत्यधिक आदर का भाव रहा और वह अपना सभी काम मन लगाकर करता रहा। ऐसा सभद्र एवं अपनत्व भरा व्यवहार करने में कोई पैसा नहीं लगता, लेकिन इसका लाभ अत्यधिक दूरगामी होता है।

एक व्यक्ति को एक संस्था में नौकरी मिली। अपनी नौकरी के पहले दिन ही वह उस संस्था के आला अफ़सर से मिलने गया। उसने उसके लिए चाय मंगाई और कुछ देर तक उससे बातें करने लगा। बाद में वह उसके साथ ख़ुद बाहर निकला और काफ़ी दूर निचली मंजिल पर पहुंचा, जहां उस अधिकारी का दफ़्तर था, जिसके साथ उस नए नियुक्त व्यक्ति को काम करना था। वह आला अफ़सर उस नए नियुक्त व्यक्ति को उसके अफ़सर को सौंप कर अपने कमरे में चला गया। बाद में उस नए नियुक्त व्यक्ति को पता चला कि आला अफ़सर अत्यंत व्यस्त स्थिति में था, क्योंकि उसे दूसरे ही दिन एक अत्यंत आवश्यक काम से फ्रांस जाना था। यदि कोई दूसरा

अपने स्पन्दनहीन व्यक्ति होता तो, शायद वह उस नियुक्त नए व्यक्ति को अपने जूनियर या किसी चपरासी के साथ उसके अधिकारी के पास भेज देता। लेकिन इस अफ़सर ने ऐसा नहीं किया, क्योंकि उसे मालूम था कि पहला प्रभाव ही काफ़ी महत्व रखता है और ऐसा करने का दूसरा मौक़ा नहीं मिलता। कहना न होगा कि उस नए नियुक्त व्यक्ति पर उसके उस सद्भावना भरे व्यवहार का इतना अच्छा असर हुआ कि उसने जी-जान एक कर काफ़ी मेहनत से काम किया और सबसे शाबाशी पाई।

एक दूसरी संस्था में एक नया नियुक्त व्यक्ति उस संस्था के वरिष्ठ अफ़सर से मिलने गया। वह वरिष्ठ अफ़सर उसी दिन विदेश से लौटा था और एक आवश्यक बैठक को संबोधित कर रहा था। जब उसे उस नए नियुक्त व्यक्ति के आने का समाचार मिला, तो वह उस बैठक को छोड़कर थोड़ी देर के लिए अपने कमरे से बाहर आया और उस नए नियुक्त व्यक्ति से बड़े चाव से मिला। कुछ देर बातें की और उससे कहा कि वह उससे कल फ़ुर्सत से बातें करेगा, जब वह इतना व्यस्त नहीं होगा, और उसने उससे दूसरे दिन काफ़ी देर तक बातें की और उसे यह एहसास दिलाया कि उसका इस संस्था में भरपूर स्वागत है और उसके सभी साथी उसे चाहते हैं। इस छोटी-सी बात का उस नए नियुक्त व्यक्ति पर अच्छा असर हुए बिना नहीं रह पाया और यह स्वाभाविक भी था।

एक और उदाहरण लें।

एक वरिष्ठ अधिकारी ने अपने कनिष्ठ अधिकारी से फोन पर पूछा– "क्या आप अत्यधिक व्यस्त हैं?" उसने छूटते ही कहा, "नहीं, मैं आ रहा हूं।" तब उसने कहा कि उसे फ़ौरन आने की आवश्यकता नहीं है। वह चाहता था कि वे दोनों साथ में दोपहर का खाना खाएं और उसने अपने कनिष्ठ अधिकादी को सलाह दी कि वह अपने ज़रूरी काम करके फ़ुर्सत से कुछ देर में आ जाए। इस छोटी-सी बात में एक छोटा-सा शब्द 'अत्यंत' व्यस्त ने जादू का काम किया। इससे उसको यह आभास हुआ कि उसका अधिकारी जानता है कि वह हमेशा काम में व्यस्त रहता है, इसलिए, उसने यह नहीं पूछा कि 'क्या तुम व्यस्त हो'। उसने पूछा, 'क्या तुम अत्यधिक

व्यस्त हो'। यह छोटा-सा शब्द 'अत्यधिक' व्यस्त का दूरगामी असर हुआ और जूनियर अफ़सर अपने वरिष्ठ अधिकारी के इस अच्छे व्यवहार से मन-ही-मन अत्यंत प्रसन्न हुए बिना नहीं रह पाया और उसकी उत्पादन क्षमता दिनों-दिन बढ़ती गई।

एक व्यक्ति किसी विदेशी कंपनी में कार्यरत था। वह कोलकता में नियुक्त था। उसके वरिष्ठ अधिकारी के पास नैनीताल से फोन आया कि उसके बड़े भाई का देहान्त हो गया है। उसने तुरन्त उसके लिए नैनीताल का टिकट बुक कराया, उसके लिए उसे स्टेशन ले जाने के लिए गाड़ी का प्रबंध किया और उसे कहा कि उसके बड़े भाई की हालत अधिक बिगड़ गई है और उसने उसके नैनीताल जाने का समुचित प्रबंध कर रखा है। फिर उसने पूछा कि क्या उसके पास गर्म कपड़े हैं? उसका नकारात्मक जवाब सुनकर वह चुप रहा। लेकिन उसने उस व्यक्ति के रवाना होने के बाद, फ़ौरन अपनी लखनऊ शाखा को फोन पर यह आदेश दिया कि उस व्यक्ति के गर्म कपड़ों का इंतजाम कर दिया जाए। जब गाड़ी लखनऊ स्टेशन पर पहुंची, तब वह व्यक्ति यह देखकर दंग रह गया कि एक व्यक्ति उसके लिए गर्म कपड़े लाया है। इस छोटे से आत्मीयता भरे व्यवहार का इतना अच्छा असर हुआ कि उस व्यक्ति ने अपनी उस संस्था को कभी भी नहीं छोड़ा, न उस संस्था को छोड़ने की बात ही कभी उसके ध्यान में आई। ऐसा होता है छोटी-छोटी बातों का बड़ा-से-बड़ा परिणाम।

एक सरकारी बैंक की एक और अजीबोगरीब घटना याद आती है। एक अधिकारी को वाराणसी से हैदराबाद उस बैंक के सर्वोच्चम ट्रेनिंग कॉलेज में जाना था। समय की कमी की वजह से उसे ट्रेन का रिज़र्वेशन नहीं मिल पाया था, क्योंकि ट्रेनिंग की अवधि सिर्फ तीन दिन की थी, उसे वापसी का रिज़र्वेशन भी नहीं मिल पा रहा था। परंतु ट्रेनिंग में समय से पहुंचना अनिवार्य था, इसीलिए उस बैंक के महाप्रबंधक ने उसे हवाई जहाज से हैदराबाद जाने की विशेष अनुमति तो दे दी, लेकिन यह ताक़ीद कर दी कि ट्रेनिंग के बाद उस अधिकारी को हैदराबाद से वाराणसी की वापसी यात्रा ट्रेन से ही करनी होगी, चाहे रिज़र्वेशन मिले या न मिले।

रिज़र्वेशन नहीं मिलने की हालत में उसे दिन में सफर करना चाहिए।

क्योंकि दिन में रिज़र्वेशन की ज़रूरत नहीं होती है (उस समय की प्रथम श्रेणी में), और रात किसी स्टेशन पर उतरकर होटल में गुज़ारनी चाहिए और फिर दूसरे दिन यात्रा आरम्भ करनी चाहिए। यह प्रक्रिया तब तक चलती रहनी चाहिए, जब तक वह अफ़सर हैदराबाद से वाराणसी नहीं पहुंच जाता। इस तरह उस सरकारी बैंक की कुछ ही रुपयों की बचत हुई होगी, क्योंकि उस अधिकारी के होटल का ख़र्च और स्थानीय दैनिक भत्ता तो हर जगह देना ही पड़ा होगा। इस सौदेबाज़ी में सरकारी बैंक का अधिक घाटा ही हुआ होगा, क्योंकि उस अधिकारी ने समझा होगा कि उसके बैंक में उसकी कोई महत्ता या मूल्य नहीं है। उसके तीन-चार दिन यात्रा में गुज़ारने से भी बैंक का कोई नुकसान नहीं होने वाला है।

किसी भी संस्था में यदि उनके उच्च अधिकारियों में ऐसा नकारात्मक रवैया पाया जाएगा, तो उस संस्था के कर्मचारियों में भी अपनी संस्था के प्रति नकारात्मक रवैया ही उत्पन्न होगा। उस संस्था के अक्सर अफ़सर किसी दूसरी जगह नौकरी करना पसंद करेंगे और इस संस्था से कम वेतन पाने पर भी ऐसी संस्था को छोड़ देना श्रेयस्कर एवं लाभप्रद मानेंगे, क्योंकि उन्हें सम्मान मिलेगा। आदमी सिर्फ दाल-रोटी से ही जीवित नहीं रहता। उसे जीवित रहने के लिए आत्मसम्मान और अपने काम में रुचि लेने की भरपूर ज़रूरत होती है। इसमें कोई अचरज की बात नहीं होगी, यदि ऐसी संस्थाओं को लोग पहला अवसर पाते ही छोड़ देते हों और किसी अन्य संस्था में मन लगाकर काम करने लग जाते हों।

काम की बातें (Action Points)

- ☞ हमें सदा याद रखना चाहिए कि हमारा अपने जूनियर के प्रति सकारात्मक एवं सौहार्दपूर्ण रवैया उन पर अधिक-से-अधिक अच्छा प्रभाव छोड़ता है और वे मन लगाकर अपना काम सुचारु रूप से करते हैं।
- ☞ हमें हरदम ऐसा रवैया अपनाना चाहिए जिससे हमारे जूनियरों को ऐसा लगे कि उनकी अपनी संस्था में पूछ है, क़द्र है। और उन्हें महत्वपूर्ण सहयोगी समझा जाता है।
- ☞ हमें अपने सहयोगियों की भलाई का भी ध्यान रखना चाहिए और ऐसा करना चाहिए कि हमारे जूनियर अपने कामों में अधिक-से-अधिक सुधार लाएं और अपनी उत्पादकता को बढ़ाने में लगे रहें, जिससे उनकी संस्था की दिन-दूनी रात-चौगुनी प्रगति होती रहे और उसकी कमाई भी बढ़े।
- ☞ हमारा अपने सहयोगियों के साथ हमेशा ऐसा व्यवहार होना चाहिए जिससे उन्हें अपनी संस्था के प्रति अपनापन महसूस होता रहे और वे अपनी संस्था की उन्नति में अपनी उन्नति एवं भलाई का अनुभव करते रहें।
- ☞ हमें हमेशा सतर्क रहना चाहिए कि हम ग़लती से भी कोई ऐसा क़दम न उठा लें, जिससे हमारे सहयोगियों में अलगाव की भावना जागृत हो, जिस वजह से उनका मन अपने काम में कम लगे।
- ☞ हमें उन्हें उत्साहित करते रहना चाहिए और उन्हें सदा ऐसा महसूस होने देना चाहिए कि हम उनकी हर सुविधा और भलाई का ध्यान रखते हैं, क्योंकि हम अपनी संस्था में उनकी महत्ता को समझते हैं और उन पर गर्व करते हैं।

आप सबको समान प्यार दें, सिर्फ़ किसी एक को नहीं

आप सबको प्यार करें, किंतु कुछ लोगों पर ही विश्वास करें।

– विलियम शेक्सपियर

प्रत्येक संस्था एक परिवार समान है और उस संस्था का आला अफ़सर ही उसका मुखिया है। जिस प्रकार माता-पिता अपने सभी बच्चों को एक समान निष्पक्ष प्यार देते हैं, उसी प्रकार आला अफ़सर को भी अपने समस्त सहयोगियों को समान रूप से, निष्पक्ष भाव से, प्यार करना चाहिए।

एक संस्था का आला अफ़सर किसी भी सभा में अपने सभी सहयोगियों के विचार ध्यान से सुनता था और खुले दिलो-दिमाग़ से उन पर चिंतन करता था। लेकिन लोगों ने यह पाया कि उनका आला अफ़सर बातें तो सभी की समान रूप से सुनता है, लेकिन अंततः वह हमेशा किसी एक ख़ास व्यक्ति की ही बात को ज़्यादा अहमियत देता है। ऐसा देखकर सभी दूसरे सहयोगी अगली सभा से ही अपने महत्वपूर्ण विचार रखने में कम रुचि लेने लगे, जिससे सभी सभाएं एकतरफ़ा होने लगी और आला अफ़सर को अन्य सहयोगियों के अच्छे विचार मिलने बंद से हो गए। सिर्फ इसलिए कि वह आला अफ़सर अपने उसी एक सहयोगी को अधिक महत्त्व और प्यार देने लगा था। हमें इस बात का ध्यान रखना चाहिए कि ऐसी ग़लत धारणा लोगों के दिलों में जगह न बना सके। प्रबंधन में यह बात कम महत्व रखती है कि आप क्या और क्यों करते हैं? अधिक ज़रूरी यह है कि आपका काम करने का तरीक़ा दूसरों की नज़रों में कितना निष्पक्ष एवं सटीक है।

हमारे कहने का मतलब यह कदापि नहीं है कि आप किसी बैठक में प्रत्येक सहयोगी को एक समान महत्व दें, क्योंकि हो सकता है कि सभी सहयोगियों के मध्य कुछ लोग अधिक योग्य, जानकार एवं रचनात्मक हों। उनकी बातों पर अधिक ध्यान देने में कोई हर्ज नहीं है। लेकिन ऐसा न लगे कि आप दूसरों की अपेक्षा किसी एक या दो व्यक्तियों की बातें ही सुनते और मानते हैं।

बेहतर तो यह होगा कि किसी महत्वपूर्ण मसले पर विचार-विमर्श करने से पहले, कुछ अधिक योग्य एवं रचनात्मक सहयोगियों को अपने कमरे में बुलाकर उनके विभिन्न विचार जान लें और किसी एक नतीजे पर पहुंच जाएं। फिर बैठक में सभी सहयोगियों के विचार ध्यान से सुनें और अंततः अपना निर्णय सुनाएं। इस तरह आप दूसरों की दृष्टि में पक्षपात करते हुए नहीं दिखेंगे और आपके सभी सहयोगी हर बैठक में अपने विचार खुले दिल से रखेंगे और वे समझेंगे कि आप सबको समान रूप से प्यार करते हैं और उन्हें महत्व देते हैं।

यदि आपका आज का व्यवहार इसके विपरीत है, जिससे आपके सहयोगी अपने को अलग-थलग एवं कम महत्वपूर्ण समझते हैं, तो आज से ही आप अपने व्यवहार में समुचित बदलाव लाएं, ताकि लोग समझने लगें कि आप निष्पक्ष भाव से सबका आदर-सम्मान करते हैं, प्यार करते हैं और उन सभी लोगों की बातें सुनते हैं, उन पर ग़ौर करते हैं और अंततः आपको जो भी निर्णय सही एवं सटीक समझ में आता है, आप उसी पर अमल करते हैं।

काम की बातें (Action Points)

- हमें यह अच्छी तरह समझ लेना चाहिए कि यदि हम अपने सहयोगियों में से किसी गिने-चुने एक या दो व्यक्तियों की बातें ही अक्सर मानते हैं या महत्व देते हैं, तब हमारे दूसरे सहयोगी यह समझने लगते हैं कि आप उन गिने-चुने एक दो लोगों को ही ज़्यादा प्यार, सम्मान और महत्व देते हैं और दूसरों को नहीं। इस प्रकार उनमें हीन भावना जन्म लेने लगती है और वे समझने लगते हैं कि आप उनकी बातों पर या उन्हें कोई अधिक महत्व नहीं देते हैं। आपके ऐसे व्यवहार से उनमें अलगाव की भावना जागृत होने लगती है, जिससे उनकी उत्पादकता धीरे-धीरे कम होने लगती है। इस प्रकार आपका ख़ुद का और आपकी संस्था का नुकसान-ही-नुकसान होना निश्चित है।
- हो सकता है कि आपकी दृष्टि में आपके कुछ गिने चुने सहयोगी अन्य सहयोगियों से अधिक ज्ञानवान, योग्य एवं रचनात्मक हों। तब आप उन्हें अपने कमरे में अलग से बुलाकर उनसे विचार विमर्श करें–भरी सभा में उनको अधिक महत्व न दें।

अध्याय 2 अपने सहयोगियों का नेतृत्व करना

- अपने सहयोगियों का नेतृत्व करना–एक कठिन चुनौती है
- तीन और तीन मिलकर नौ होते हैं
- अपने जूनियर पर कार्य-भार सौंपना एक कला है
- पीटर के सिद्धांतों को नकार देना

अपने सहयोगियों का नेतृत्व करना –एक कठिन चुनौती है

किसी योग्य नेता को नेतृत्व करने की आवश्यकता नहीं है–वह अपने सहयोगियों के मार्गदर्शन से ही संतुष्ट है।

– हेनरी मिलर

किसी प्रबंधक का मुख्य कर्त्तव्य स्वयं कम कार्य करना और अपने सहयोगियों से भरपूर काम लेना और करवाना होता है। उचित प्रबंधक का कोई एक मात्र तरीक़ा निश्चित नहीं है। आप सदा सिर्फ 'कड़क और कठोर' बनकर कार्य नहीं ले सकते; न सदा सिर्फ़ 'प्यार से पुचकार कर' ही काम ले सकते हैं। विभिन्न परिस्थितियों में इन दोनों तरीक़ों का सही सम्मिश्रण ही लाभदायक सिद्ध हो सकता है। हमारा प्रमुख दायित्व काम लेना और कार्य पूरा कराना है। और हम हर काम अपने सहयोगियों द्वारा उनके साथ मिलकर पूरा कर पाते हैं, इसलिए हमारे लिए 'काम' और 'सहयोगी' दोनों ही समान रूप से महत्वपूर्ण एवं उपयोगी हैं। इसलिए विभिन्न परिस्थितियों

सहयोगी की प्रमुखता (कम → ज़्यादा)		
(ज़्यादा)	सहयोगी की चिंता ज़्यादा और काम की चिंता कम ❸	काम की चिंता ज़्यादा और सहयोगी की चिंता ज़्यादा ❷
(कम)	काम की चिंता कम और सहयोगी की चिंता कम ❹	काम की चिंता ज़्यादा और सहयोगी की चिंता कम ❶

(कम) —— काम की प्रमुखता ——→ (ज़्यादा)

में और विभिन्न सहयोगियों के साथ 'काम' और 'सहयोगी' के महत्व का सही प्रयोग एवं सम्मिश्रण ज़रूरी है। इस तरह हमें 'काम' एवं 'सहयोगी' के कम या ज़्यादा होने के चार विभिन्न सम्मिश्रण मिलते हैं; जो चित्र में दर्शाये गए हैं–

यदि हम सरसरी निगाह से देखें, तो हमें दूसरे ख़ाने का सम्मिश्रण सबसे अधिक उपयोगी सिद्ध होता नज़र आएगा और चौथे खाने का सम्मिश्रण सबसे कम उपयोगी। और यह ऊपरी तौर पर ठीक भी है।

लेकिन यदि हम इस चित्र में एक तीसरा नज़रिया डाल देते हैं, तो स्थिति बिल्कुल बदल जाती है। और वह तीसरा नज़रिया है–सहयोगी की अपने काम के प्रति 'ज़िम्मेदारी के एहसास' का 'ज़्यादा' या 'कम' होना।

जब आपको एक ऐसे व्यक्ति से काम लेना है, जिसमें काम के प्रति ज़िम्मेदारी का एहसास कम है–जैसे वह समय पर नहीं आता है या मन लगाकर काम नहीं करता है–तो इस व्यक्ति से पहले ख़ाने के सम्मिश्रण से पेश आना ज़रूरी होगा। यानि उस पर कड़क और कठोर रवैया अपनाया जाना चाहिए, ताकि उसे एहसास हो कि उसको अपना रवैया बदलना चाहिए वरना उसकी नौकरी पर भी आ सकती है।

इस तरह जब वह अपने व्यवहार में उचित बदलाव लाने लगे और समय पर आने लगे और मन लगाकर काम करने लगे, तब आप उससे दूसरे ख़ाने के सम्मिश्रण से पेश आना शुरू कर सकते हैं, जिसमें काम लेना तो प्रमुख होगा, लेकिन थोड़ा-थोड़ा सहयोगी की कभी-कभी तारीफ़ करना भी ज़रूरी होगा। इससे उसका मनोबल और बढ़ेगा एवं वह अधिक ज़िम्मेदारी से काम करने लगेगा।

धीरे-धीरे जब वह अपनी ज़िम्मेदारी पूरी तरह निभाने लगे–इस हद तक कि उसके काम पर निगरानी रखने की आवश्यकता ही न रह जाए–तब हमारा उसके प्रति व्यवहार तीसरे ख़ाने के सम्मिश्रण के अनुसार होना चाहिए, क्योंकि वह अपना काम तो पूरी ईमानदारी से करता ही है, उसे कभी-कभी शाबाशी भी दे देनी चाहिए, ताकि उसका मनोबल बढ़ता रहे।

जब किसी व्यक्ति को अपने काम में इतना मज़ा आने लगे कि वह अपनी तारीफ़ की परवाह किए बिना अपने काम में हमेशा दिलोजान से

लगा रहे, तब उससे चौथे ख़ाने के सम्मिश्रण से पेश आना चाहिए, क्योंकि न तो उसके काम पर कोई नज़र रखने की ज़रूरत है, न उसकी तारीफ़ ही करने की। क्योंकि उसे अपने काम में ख़ुद ही इतना मज़ा आता है कि वह दिनों-दिन और अच्छा काम करता चला जाता है। लेकिन दुःख की बात तो यह है कि ऐसे व्यक्ति बिरले ही मिलते हैं। इसलिए ऐसे व्यक्ति से भी तीसरे ख़ाने के सम्मिश्रण के साथ व्यवहार किया जाए तो बेहतर होगा, क्योंकि तीसरे और चौथे ख़ाने में उस व्यक्ति के काम पर तो नज़र रखनी नहीं होती है। सिर्फ तारीफ़ करने या न करने का फ़र्क होता है। इसलिए यदि उस व्यक्ति की भी तारीफ़ की जाए; जो ख़ुद ही अपनी पीठ थपथपाता रहता है, तो इसमें कोई नुकसान नहीं है।

इस तरह हम पाते हैं कि पहले से दूसरे ख़ाने के, फिर दूसरे से तीसरे खाने के, और फिर तीसरे से चौथे ख़ाने के सम्मिश्रण का सही प्रयोग ही सर्वोत्तम प्रबंधन का सार है, जो कि आपके सहयोगी की धीरे-धीरे बढ़ती ज़िम्मेदारी के एहसास पर ही निर्भर होता है।

नीचे दिए गए चित्र में उपरोक्त तथ्य को और भी आसानी से साफ-साफ दर्शाया गया है –

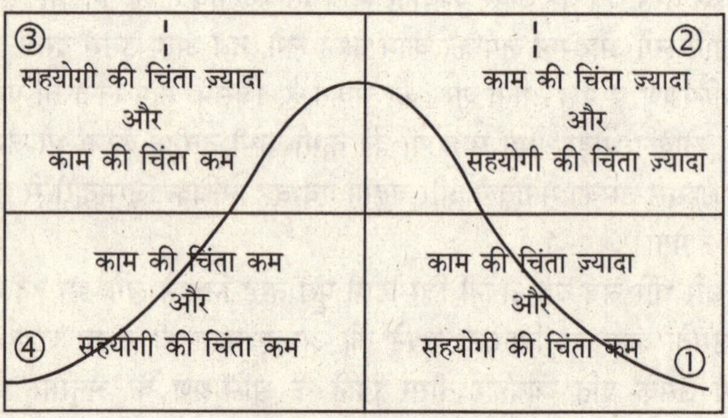

← सहयोगी की ज़िम्मेदारी का स्तर →

ऊचा	मध्यम्		नीचा
4	3	2	1

काम की बातें (Action Points)

- ☞ हमें यह अच्छी तरह समझ लेना चाहिए कि विभिन्न सहयोगियों को विभिन्न स्थितियों में उपयुक्त तरीक़े से नियंत्रित करना चाहिए। क्योंकि हम जानते हैं कि प्रबंधन का मात्र एक तरीक़ा नहीं है, जो हर परिस्थिति में हर सहयोगी के साथ निश्चित तौर पर खरा उतरे।
- ☞ इसलिए हमें 'काम' और 'सहयोगी' के उचित सम्मिश्रण का प्रयोग उचित स्थिति में करने की आदत-सी डाल लेनी चाहिए; जो उनकी अपनी ज़िम्मेदारी समझने और मन लगाकर काम करने की परिस्थिति पर निर्भर करेगा।
- ☞ हमें अपने प्रबंधन के तरीक़ों में हरदम बदलाव लाते रहना चाहिए, जो हमारे सहयोगी की ज़िम्मेदारी और तौर-तरीक़े में बदलाव के अनुरूप हो।
- ☞ अपने सहयोगियों के साथ हमारा व्यवहार निष्पक्ष होना चाहिए और हमारे सहयोगियों को भी ऐसा लगना चाहिए कि आप निष्पक्ष भाव से अपने सहयोगियों पर नियंत्रण रखते हैं।

तीन और तीन मिलकर नौ होते हैं

TEAM = Together Everyone Achieves More.

साथी हाथ बढ़ाना, साथी हाथ बढ़ाना।
एक अकेला थक जाएगा, मिलकर बोझ उठाना।।

– एक फिल्मी संगीत से

टीम के काम करने की रफ़्तार, आला अफ़सर के काम करने की रफ़्तार है।

– ली आइआकोका

अक्सर कहा जाता है कि एक हिन्दुस्तानी तीन जापानियों के बराबर होता है, और दो हिन्दुस्तानी दो जापानियों के बराबर, और तीन हिन्दुस्तानी केवल एक जापानी के बराबर। इस तरह आप सोच सकते हैं कि चार या उससे अधिक हिन्दुस्तानी कितने जापानी के बराबर होंगे।

ऐसा कहने का मतलब यह है कि हम हिन्दुस्तानी अकेले कार्य करने में अत्यधिक कुशल एवं सक्षम हैं। लेकिन हममें दूसरों के साथ मिलकर अच्छी तरह काम करने की आदत या लगन नहीं है। हम अपने सहयोगियों की दिलोजान से मदद नहीं कर पाते जिससे हमारा पूरा दल अच्छा काम कर सके; उत्पादकता बढ़ा सके। हम अपने ही कार्य में लगे रहते हैं; ताकि हमारा अपना काम सबसे अच्छा हो। पूरे दल की योग्यता का भरपूर लाभ मिले–ऐसा नहीं सोचते।

क्रिकेट या फ़ुटबॉल के खेल में टीम की भावना से खेलना अत्यधिक महत्व रखता है। जब आपकी टीम जीतती है; तब ही आप भी जीतते हैं।

यदि कोई एक खिलाड़ी फुटबॉल के खेल में तीन गोल कर लेता है और हमेशा ख़ुद ही गोल दागना चाहता है, जबकि यदि वह गेंद को अपने दूसरे खिलाड़ी के पास पहुंचा देता, तो और भी अधिक गोल हो सकते थे, तब उसका यह रवैया टीम के लिए घातक सिद्ध होगा। यदि दूसरी टीम चार गोल करने में समर्थ होती है, उसके चार खिलाड़ी एक-एक गोल करने में सफल होते हैं–क्योंकि वे टीम की भावना से खेलते हैं–तो दूसरी टीम ही विजयी घोषित होती है, आपके एक खिलाड़ी का अकेले ही तीन गोल करना निरर्थक जाता है। इसलिए हम हिन्दुस्तानियों को भी जल्द-से-जल्द टीम भावना से काम करना सीख लेना चाहिए। इससे किसी भी संस्था या व्यापार की कार्य-क्षमता, कार्य-कुशलता एवं उत्पादकता में दिनों-दिन वृद्धि होती जाएगी और आर्थिक लाभ भी बढ़ेगा।

शायद हमारी सभ्यता में 'हीरो वर्शिप'–एक आदमी के अच्छे प्रदर्शन पर उसे विशेष सम्मान देना–घर-सा कर गया है। हमें इस भावना को जल्द-से-जल्द निकाल फेंकना चाहिए और पूरे दल की प्रशंसा करना शुरू कर देना चाहिए।

जब कोई अकेला कत्थक नृत्य या भरतनाट्यम करता है, तो उसके सहयोगी तबला वादक, सारंगी वादक का भी पूरा सहयोग ज़रूरी है। उनके सहयोग के बिना कोई भी नृत्य बेकार लगेगा और अपनी चरम सीमा पर नहीं पहुंच पाएगा। इसलिए हमें नाचने वाले व्यक्ति के साथ-साथ उसके सहयोगी दल के सदस्यों को भी यथोचित् मान-सम्मान देना चाहिए।

यदि कोई संस्था अच्छा काम करती है, तब इस सफलता का सेहरा सिर्फ शाखा-प्रबंधक या आला अफ़सर के सर ही नहीं बांधना चाहिए। हमें उस दल के सभी सहयोगी, जूनियर अफ़सर, कर्मचारी, यहां तक कि सफाई-कर्मचारी, इत्यादि, की भी सराहना करनी चाहिए, क्योंकि उन सब के एक साथ मिलकर अच्छा काम करने से ही संस्था अच्छा काम कर पाई है–अकेले शाखा-प्रबंधक या आला अफ़सर ऐसा नहीं कर पा सकता था, यदि उनके सभी सहकर्मियों का समुचित सहयोग उसे नहीं मिल पाता।

जब तीन कार्यकर्त्ताओं में तीन व्यक्ति और हाथ बटाने लगते हैं; तो

इसका फल केवल दूना नहीं, बल्कि तिगुना होता है, क्योंकि तीन और तीन का योगफल भले ही छः होता हो, लेकिन तीन और तीन व्यक्तियों के मिलकर एकजुट होकर काम करने से तीन गुना उत्पादन एवं लाभ हो सकता है। इसीलिए हम कह सकते हैं कि तीन और तीन मिलकर नौ होते हैं।

जब हम सोने का कोई गहना गढ़ते हैं; तो सोने में सही मात्रा में तांबा या पीतल भी मिला देते हैं। ऐसा किए बिना अकेले सोने में इतनी ताकत नहीं होती कि एक सुन्दर सुगढ़ गहना बन सके। इसी तरह जब हम धरती से अंतरिक्ष-यान छोड़ते हैं, तब उसके ढांचे एवं पुर्ज़ों में कई तरह की धातुओं का सही मिश्रण करते हैं, ताकि वह वायुमंडल के ताप एवं दबाव को सह सके, झेल सके। इसी प्रकार किसी भी संस्था में विभिन्न योग्यताओं वाले व्यक्तियों का सही सम्मिश्रण ही अधिक-से-अधिक उत्पादकता एवं धन लाभ दे सकता है।

एक और साधारण उदाहरण लें। मान लीजिए कि एक व्यक्ति में व्यवसाय करने की अत्यधिक आंतरिक क्षमता है, लेकिन उसके पास व्यवसाय शुरू करने के लिए धन की कमी है। इसके विपरीत, एक दूसरे व्यक्ति के पास धन तो है, लेकिन उसमें व्यापार करने की क्षमता नहीं है। इसलिए ये दोनों ही व्यक्ति अकेले कोई सफल व्यापार नहीं कर पाएंगे। लेकिन यदि वे दोनों व्यक्ति आपस में हाथ मिला लें और दोनों मिलकर एक जुट होकर काम करें, तो अपने व्यवसाय में अच्छी कमाई कर सकते हैं।

एक बार मैं अपने बैंक के सर्वोच्च प्रशिक्षण कॉलेज में जूनियर अफ़सरों के प्रशिक्षण कार्यक्रम का संचालन कर रहा था। पहले ही दिन हमें यह देखकर अति प्रसन्नता हुई कि सभी 29 जूनियर अफ़सर समय से अपनी जगह ग्रहण कर चुके हैं। यह सिलसिला दो तीन दिनों तक लगातार चलता रहा। तीसरे दिन मैंने उनको इस बात पर शाबाशी दी और कहा कि यदि वे पूरे कार्यक्रम में इसी तरह सभी 29 अफ़सर समय पर आते रहेंगे, तब मैं उन सबों को–यानी पूरी टीम को–100 में 100 अंक दूंगा। लेकिन यदि किसी एक दिन भी कोई एक व्यक्ति एक भी मिनट देरी से आएगा, तो पूरी टीम को शून्य अंक ही मिल पाएंगे। और हमें यह बताने में अत्यंत ख़ुशी हो रही है कि पूरे कार्यक्रम में अंतिम दिन तक सभी 29 अफ़सर सही समय पर

कक्षा में उपस्थित होते रहे। मैंने उन्हें इस महान कार्य के लिए 100 में से 100 अंक दिए।

आख़िरी दिन मैंने उनसे पूछा कि आपने इस महान कार्य में इतनी सफलता कैसे प्राप्त कर ली, तब उन्होंने बताया कि सभी साथी एक-दूसरे से हमेशा सहयोग करते थे। अपने साथी को समय पर उठा देते थे, स्नानगृह में कम समय लगाते थे, यदि कोई स्नानगृह में ज़रूरत से ज़्यादा समय लगाता था, तो उसे सतर्क कर देते थे, इत्यादि। इस तरह आप देखेंगे कि उन्होंने आपसी सहयोग से एक दूसरे व्यक्ति की सफलता में योगदान देते हुए, ऐसा महान करिश्मा कर दिखाया।

हम टीम की भावना अपने बच्चों एवं युवाओं में भी डाल सकते हैं। हम उन्हें कोई कार्य दे सकते हैं, जो पांच-छः बच्चे या युवा मिलकर पूरा करेंगे और उस टीम/ग्रुप के सभी बच्चों को एक समान अंक मिलेंगे।

एक परीक्षण के तौर पर कुछ व्यक्तियों का एक ग्रुप बनाया गया, जिनमें आपस में मन-मुटाव था, और उन्हें हैलीकॉपटर द्वारा बीच जंगल में बिना खाना-पानी दिए छोड़ दिया गया। ऐसी आकस्मित दशा में उन सबों ने अपना मन-मुटाव पीछे छोड़ दिया और हाथ-से-हाथ मिलाकर जंगल से बाहर निकलने का रास्ता ढूंढ़ने लगे। और, चूंकि वे सभी टीम की भावना से कार्य कर रहे थे, और वे सभी भूखे-प्यासे, जंगल में फंसे थे, जंगल से बाहर निकलने में सफल भी हो गए। इस तरह हम देखते हैं कि आपातकाल में हम सभी एक जुट हो जाते हैं और क़दम से क़दम मिलाकर काम करते हैं।

लेकिन क्या हमें किसी आपातकाल का इंतज़ार करना चाहिए, ताकि हम टीम भावना से कार्य करना सीख सकें। हमें अपने विवेक से काम लेना चाहिए और जल्द-से-जल्द टीम भावना से काम करने की नीति को अपना लेना चाहिए, ताकि भारत भी प्रगति की राह पर चलता रहे।

काम की बातें (Action Points)

- ☞ हमें पूर्ण विश्वास हो जाना चाहिए कि यदि हम टीम की भावना से कार्य करना शुरू कर देंगे, तो हमारा, हमारी संस्था का, और अपने देश का काफ़ी भला होगा।
- ☞ इसलिए हमें उन सारे पहलुओं पर नज़र रखनी चाहिए, जिससे टीम-भावना जागृत हो और पनपे।
- ☞ हमें अपने सहयोगियों के साथ कंधे-से-कंधा मिलाकर, मिल-जुल कर, काम करना चाहिए और एक अच्छी टीम का गठन करना चाहिए।
- ☞ हमें हमेशा सजग रहना चाहिए कि हम किस तरह अपनी टीम में साथ-साथ मिलकर काम करने की भावना को और मज़बूत बना सकते हैं।

अपने जूनियर पर कार्य-भार सौंपना एक कला है

आप अपने सहयोगियों पर भरोसा रखें और वे आपके भरोसे पर खरे उतरेंगे।

– एमर्सन

अपने जूनियर पर कार्य-भार सौंपना कारगर प्रबंधन का एक अच्छा तरीक़ा है। इस प्रकार आप कम समय में अधिक काम निबटा पाएंगे, बनिस्पत इसके कि सभी काम आप स्वयं करना चाहें। इस प्रकार अपनी विशेष कार्यक्षमता अपने जूनियर पर भी स्थान्तरित कर पाएंगे और उन्हें महत्वपूर्ण कार्यों में योगदान देने लायक़ बना पाएंगे।

अपने जूनियर पर कार्यभार सौंपने के कई तरीक़े हैं, जो निम्नलिखित हैं –

1. सबसे पहले आप जो महत्वपूर्ण कार्य अपने जूनियर को सौंपने जा रहे हैं, उसे परिभाषित करें और अपने जूनियर को यह भी बताएं कि आप उनसे क्या अपेक्षा करते हैं? और आप यह भी परख लें कि आपका जूनियर यह समझ गया है कि उससे क्या अपेक्षित है।
2. आप अपने जूनियर को यह भी बताएं कि वह किन-किन मामलों में कहां तक स्वयं निर्णय ले सकता है।
3. आप यह भी परख लें कि जो महत्वपूर्ण कार्य आप उसे सौंपने जा रहे हैं, उसे उसकी जानकारी है और वह उस काम को करने में सक्षम है। यदि ज़रूरी समझें तो आप उसे उस कार्य को करने के

लिए प्रशिक्षित भी कर सकते हैं, ताकि बाद में कोई परेशानी का सामना न करना पड़े–उसे और आपको भी।

4. एक बार कार्यभार सौंपने के बाद आप उसके पीछे न लगे रहें। इससे उसे अपने ढंग से कार्य करने में अनावश्यक अड़चन महसूस होगी।
5. उसे आप यह भी आश्वस्त कर दें कि शुरू-शुरू में उससे कुछ ग़लतियां भी हो सकती हैं। उसे अपने दिलोदिमाग़ से असफल होने का डर निकाल देना चाहिए। धीरे-धीरे वह अपने नए काम को पूरी तरह समझ लेगा और सही करेगा।
6. आपके जूनियर के काम का क्या परिणाम निकला है–इस पर ध्यान दें। उसने काम कैसे पूरा किया है, इसके विवरण पर ध्यान न दें।
7. आप अपने जूनियर को प्रोत्साहित करें कि वे अपने कार्यक्षेत्र में स्वयं निर्णय लें और हर छोटे-छोटे मसले में आपसे सलाह लेने न चले आएं।
8. आप अपने कार्यों पर दोबारा से ध्यान डालते रहें और यह देखें कि और कौन-सा ऐसा महत्वपूर्ण कार्य है, जिसे आप अपने किसी योग्य जूनियर को सौंप सकते हैं। इससे आपको अपने अधिकतम महत्वपूर्ण कार्य करने के लिए पर्याप्त समय मिल पाएगा।
9. आप अपने जूनियर पर गर्व महसूस करें कि वे ऊंची-से-ऊंची ज़िम्मेदारी निभा सकते हैं। आप उन्हें अपनी संस्था में उत्तरोत्तर उन्नति करने के लिए सदा प्रोत्साहित करते रहें। नया-नया काम करते रहने से उनका आत्मविश्वास भी बढ़ेगा, जो आपकी संस्था के लिए उपयोगी सिद्ध होगा।
10. अक्सर देखा गया है कि कई अफ़सर अपने जूनियर को कार्यभार सौंपने में हिचकिचाते हैं। इसके कई कारण हो सकते हैं, जिनमें से कुछ कारण निम्नलिखित हैं –
    1. उन्हें डर लगता है कि हो सकता है कि उनका जूनियर उनसे अच्छा काम कर ले और उन्हें शर्मिन्दगी महसूस हो।
    2. कई अफ़सरों को लगता होगा कि सारे कार्य वे स्वयं सुचारु रूप

से कर सकते हैं और उनका जूनियर उतना अच्छा काम नहीं कर पाएगा। इसलिए वे कोई जोखिम नहीं उठाना चाहते और सारे काम ख़ुद ही करना ज़्यादा पसंद करते हैं। लेकिन उन्हें समझना चाहिए कि उन्हें अधिक महत्वपूर्ण काम में ज़्यादा समय देना चाहिए, न कि आमतौर के कम महत्वपूर्ण कार्यों में, जो कोई जूनियर भी आसानी से कर सकता है। यदि आप 'सामान्य' काम अपने जूनियर पर छोड़ देंगे, तो आपको अपने 'असली' काम करने के लिए अधिक समय मिल पाएगा।

3. कई अन्य अधिकारी यह समझते होंगे कि यदि उन्होंने कोई महत्वपूर्ण काम अपने जूनियर अफ़सर को सौंप दिया और उसके काम में कोई ग़लती पाई गई, तब उनका आला अफ़सर उससे अप्रसन्न हो जाएगा और उसकी अपनी नौकरी पर ही बन आ सकती है। ऐसी स्थिति में यह और भी अच्छा होगा यदि आला अफ़सर अपने से नीचे के उच्च अधिकारी को प्रोत्साहित करे कि वे अपने जूनियर को महत्वपूर्ण कार्य करने का भार सौंपें, ताकि उनका भी मनोबल बढ़े और वे अपनी उन्नति की राह पर चल पड़ें। ऐसे में छोटी-मोटी ग़लतियों को शुरू में अनदेखा भी कर देना चाहिए। क्योंकि हम काम में शुरू में ग़लती करके ही सीखते हैं। याद रहे; पहली ग़लती को ग़लती न मानें, लेकिन यदि वही ग़लती दोहराई जाए तो जूनियर अफ़सर को डांटना भी ज़रूरी होगा। लेकिन उसे इतना भी न डांटें कि वह अपना उत्साह और आत्मविश्वास ही खो बैठे।

अपने जूनियर को महत्वपूर्ण कार्य सौंपने के संबंध में कई अहम् बातों का सदा ध्यान रखना चाहिए, जो निम्नलिखित हैं :

1. अपने जूनियर अफ़सर को महत्वपूर्ण कार्य सौंपने को कारगर बनाने के लिए आपको सबसे पहले यह सोचना-समझना चाहिए कि किस व्यक्ति को कौन-सा काम सौंपना चाहिए और कब सौंपना चाहिए।

साथ ही यह भी देखना चाहिए कि कौन सा काम ज़रूरी नहीं है, जिसे करने की आवश्यकता ही नहीं है।

2. महत्वपूर्ण कार्य जूनियर को सौंपने के लिए हिम्मत होनी चाहिए–डर नहीं। आपको समझना चाहिए कि महत्वपूर्ण कार्य सौंपने से और अपने जूनियर को वह काम सुचारु रूप से करने के लिए उत्साहित करने से उसका मनोबल बढ़ेगा और वह लगन से काम करेगा एवं अपनी संस्था में उन्नति के पथ पर अग्रसर होगा। 'वन मिनट मैनेजर' में लेखकों ने कहा है कि आला अफ़सर को दूसरों के लिए निर्णय नहीं लेना चाहिए। इस प्रकार, जूनियर अफ़सर को अपने कार्यक्षेत्र में स्वयं निर्णय लेना पड़ता है और जब उसका ख़ुद का निर्णय सफल होता है, तो उसका मनोबल और आत्मविश्वास बढ़ता है और वह विश्वास के साथ सभी निर्णय लेने में सफल होता है।

3. आपका दूसरों को महत्वपूर्ण कार्य करना सौंपना तभी कारगर सिद्ध होगा, जब आप निम्नलिखित बातों का ध्यान रखेंगे :
   1. आपको पूर्ण विश्वास होना चाहिए कि आपके जूनियर अफ़सर महत्वपूर्ण कार्य करने, और अधिक जिम्मेदारी संभालने के लिए, आतुर एवं उत्सुक हैं। वे नए काम को मन लगाकर करेंगे और अंततः सफल भी होंगे।
   2. आप में सच्ची लगन और श्रद्धा होनी चाहिए कि आप अपने जूनियर को महत्वपूर्ण कार्य करने में गर्व का अनुभव करते हैं, जिससे उसका मनोबल एवं कार्यक्षमता बढ़ती है।
   3. आपको इस बात पर गर्व महसूस होता है कि आपने अपने जूनियर को अधिक-से-अधिक ऊंची एवं महत्वपूर्ण ज़िम्मेदारी संभालने की योग्यता को बढ़ाने में मदद की।
   4. आपको अपने जूनियर को नई-से-नई चुनौती स्वीकार करने के लिए प्रोत्साहित करना चाहिए। उन्हें अच्छा लगेगा कि उन्हें चुनौती भरा काम करने के योग्य समझा गया।
   5. आपको यह विश्वास होना चाहिए कि आपके जूनियर को

नया-नया काम मिलने से, और महत्वपूर्ण ज़िम्मेदारी मिलने से, उनका मन अपने कामों में अधिक लगता है।

6. आपको विश्वास होना चाहिए कि आपके जूनियर और भी अधिक अच्छा महसूस तब करेंगे, जब आप उन्हें अपना काम स्वयं लगन से करने के लिए स्वतंत्र छोड़ दें और उनके कार्यक्षेत्र में बेकार की छेड़-छाड़ न करें–अपनी टांग न अड़ाएं।
7. और, सबसे ज़रूरी एवं महत्वपूर्ण बात तो यह है कि आप अपना मन बना लें कि शुरू-शुरू में की गई छोटी-छोटी ग़लतियों को अनदेखा-सा कर दें और यह विश्वास रखें कि धीरे-धीरे वह अपनी ग़लतियों से ही खुद समझ जाएगा और संभल जाएगा।
8. महत्वपूर्ण कार्य को दूसरे अफ़सर को सौंपने के संबंध में यह भी ध्यान रखना चाहिए आप दोनों में अटूट सम्पर्क स्थापित रहे। आप अपने जूनियर के लिए निर्णय भले ही न लें, लेकिन उसके कार्य करने के तरीक़े और सोच के विषय में विचार-विमर्श ज़रूर करते रहें और जानकारी हासिल करते रहें। इससे आपके जूनियर का मनोबल बढ़ेगा और उसके काम में तेज़ी आएगी।

लेकिन इस संबंध में एक स्वर्णिम नियम यह है कि 'आप अपने जूनियर के नज़दीक रहें' लेकिन ज़रूरत से ज़्यादा नज़दीक न रहें। साथ ही आप उनसे उचित दूरी भी बनाए रखें, लेकिन 'ज़रूरत से ज़्यादा दूरी भी न बनाएं।'

अपने जूनियर को महत्वपूर्ण कार्य सौंपना भी एक कला है, जिससे आप अपनी कार्यक्षमता को अपने जूनियर अफ़सर में स्थान्तरित कर देते हैं और वह धीरे-धीरे उस कार्य में निपुण हो जाता है।

आपका अपने जूनियर को महत्वपूर्ण कार्य सौंपना तभी कारगर एवं सफल सिद्ध हो सकता है, जब आप अपने जूनियर के बारे मे अपने मन में उच्च विचार रखें और उसकी योग्यता पर भरोसा रखें, क्योंकि जब आप अपने जूनियर के बारे में, उसकी योग्यता के बारे में, उच्च विचार रखेंगे, तो वे आपके भरोसे के अनुसार पूरी योग्यता से अच्छा ही काम करेंगे और आपकी अपेक्षा के अनुकूल

सिद्ध होंगे, क्योंकि आपके सहयोगी उतना अच्छा काम करते हैं और उतनी ही लगन से काम करते हैं, जैसी आप उनसे अपेक्षा करते हैं।

अपने जूनियर अफ़सर को महत्वपूर्ण कार्य सौंपते समय आपको अपना धैर्य बनाए रखना भी ज़रूरी है। वह अनायास ही सही काम नहीं करने लगेगा। उसे नया काम और नई ज़िम्मेदारी निभाने में कुछ समय तो ज़रूर ही लगेगा। लेकिन याद रहे। जब भी वह अपने काम को थोड़ा अधिक चतुराई एवं योग्यता से करने लगे तो उसके छोटे-से-छोटे अच्छे काम पर भी आप उसकी तारीफ़ ज़रूर करें। उसे पूर्ण योग्य होने तक रुके न रहें। इससे उसका उत्साह बढ़ेगा और वह कम समय में ही पूर्ण योग्यता से काम करने लगेगा। जब आपका स्वयम् का कार्य करने का ढंग आपके जूनियर के काम करने के ढंग से भिन्न हो, तो आप चिन्तित न हों। हो सकता है कि वह अपनी तरह काम करते हुए अपने काम करने का कोई और अच्छा व सुगम तरीक़ा निकाल पाए।

यदि आपका जूनियर कोई छोटी-मोटी ग़लती करे, तो आप विचलित न हों। अपना धैर्य बनाए रखें और समय-समय पर उसकी सहायता करते रहें–उसका मार्गदर्शन करते रहें–ताकि वह अपना नया काम जल्दी समझ ले और सही करने लगे। इस तरह वह समझ जाएगा कि आप उससे स्नेह रखते हैं और उसकी सफलता और उन्नति में सदा सहायक हैं।

महत्वपूर्ण कार्य सौंपने में एक और बात ज़रूरी है कि आप अपने जूनियर पर पूरा भरोसा रखें, उसकी योग्यता को समझें और उसे मान-सम्मान दें। इस संबंध में आपसी मेल-जोल से काम करना भी अत्यंत आवश्यक है। यानि एक-दूसरे पर निर्भर करने का सहज भाव। आपको अपने जूनियर पर भरोसा करना चाहिए और आपके जूनियर को आप पर।

शुरु-शुरु में आप उसके नए कार्य करते समय निगरानी रख सकते हैं और उसका मार्गदर्शन कर सकते हैं। लेकिन जैसे-जैसे वह नया काम सीखने लगे और भली-भांति करने लगे, तो आपको अपनी निगरानी की मात्रा कम करते रहना चाहिए और उस पर ज़्यादा भरोसा करना चाहिए। इससे उसका आत्मविश्वास बढ़ेगा और वह जल्द ही सही और अच्छा काम करने लगेगा।

अपने जूनियर को महत्वपूर्ण कार्य सौंपने का अर्थ यह नहीं होता कि

आपके वे सभी अधिकार उसके पास चले जाते हैं और आपके अपने अधिकारों की मात्रा में कमी आ जाती है। आपके सारे अधिकार आपके पास ही रहते हैं, आपका उन पर पूरा नियंत्रण रहता है। असल में होता यह है कि आपका जूनियर आपके अधिकारों का आपके निर्देशानुसार उपयोग करता है, जिससे आपका काम जल्दी निबट जाता है और आपको अपने अन्य महत्वपूर्ण कार्य करने के लिए अधिकाधिक समय मिल पाता है, जिसे आप आसानी से निबटा सकते हैं। इससे आपकी उत्पादकता और भी बढ़ जाती है। और साथ ही आपको दिनचर्या के अन्य मामूली कामों से छुट्टी भी मिल जाती है, और आप अपने 'असली' महत्वपूर्ण कार्यों और ज़िम्मेदारियों को भली भांति निभा सकते हैं।

काम की बातें (Action Points)

- कुछ अधिकारी अपने जूनियर को महत्वपूर्ण कार्य सौंपने में संकोच करते हैं; क्योंकि उन्हें ग़लत अंदेशा रहता है, और डर भी लगता है, कि उनका जूनियर इतना योग्य नहीं है कि वह महत्वपूर्ण कार्य को सुचारु रूप से करने की योग्यता रखता हो। हमें अपने ऐसे ग़लत विचार को छोड़ देने का प्रयास करना चाहिए।
- हमें यह समझना चाहिए कि हम अपने जूनियर को महत्वपूर्ण कार्य सौंपकर उसका मनोबल बढ़ाते हैं और अपनी संस्था में उन्नति का मार्ग खोलते हैं। उसे महत्वपूर्ण कार्य सौंपने से उसकी अधिक-से-अधिक ज़िम्मेदारी निभाने की योग्यता बढ़ती है और आपका काम भी तेज़ी से होता है।
- हमें अपने सहयोगियों पर गर्व महसूस करना चाहिए और अपने जूनियर को भी उसके जूनियर को कुछ महत्वपूर्ण कार्य सौंपने के लिए उत्साहित करना चाहिए, ताकि उनकी भी योग्यता बढ़े और वे अधिक ज़िम्मेदारी का काम बखूबी निभा सकें और उनकी भी उन्नति हो।
- हमें याद रखना चाहिए कि हम अपने कुछ अधिकार तो जूनियर को सौंप सकते हैं; लेकिन अपनी ज़िम्मेदारी नहीं। अपने जूनियर के काम के लिए भी आप अपनी जिम्मेदारी से छुटकारा नहीं पा सकते–ज़िम्मेदारी हर हाल में आपकी ही होगी।
- हमें समझना चाहिए कि 'महत्वपूर्ण कार्य का सौंपना' और 'अपने अधिकारों का तिरस्कार करना' दो अलग-अलग चीज़ें हैं। हमें अपने अधिकारों का तिरस्कार कदापि नहीं करना चाहिए।
- आपको यह भी ध्यान में रखना चाहिए कि आप महत्वपूर्ण कार्यों को कितने कारगर तरीक़े से अपने जूनियर को सौंपते हैं, इसका सही निर्णय आप नहीं आपका जूनियर ही ले सकता है। यानि आपके जूनियर को ऐसा लगना चाहिए कि आपने उसे महत्वपूर्ण कार्य पूरी तरह सोच-समझकर और उस पर पूरा भरोसा करके सौंपा है।
- इसलिए हमें चाहिए कि जब हम अपने जूनियर को कोई महत्वपूर्ण कार्य सौंपते हैं, तो अक्सर उनसे पूछते भी रहें कि आपके ऐसा करने का उसका अपना अनुभव क्या है? और जहां कहीं भी, और जब भी, आपको अपने महान कार्य सौंपने के तरीक़े में थोड़ा बदलाव लाना ज़रूरी लगे, आपको बेझिझक उसमें आवश्यक बदलाव लाना चाहिए।

पीटर के सिद्धांतों को नकार देना

उन्नति की सीढ़ी पर चढ़ते रहें।
काम के तरीक़े बदलते रहें।।
वरना एक सीढ़ी फिसल जाएंगे।
फिर और ऊपर न जा पाएंगे।।
– सतीश बी. माथुर

पीटर का सिद्धांत (Peter Principle) यह है कि किसी संस्था की उन्नति की सीढ़ी पर कोई व्यक्ति उसी पद तक उन्नति कर सकता है, जिस पद पर वह अयोग्य सिद्ध होता है। ऐसा दो ख़ास कारणों से होता है। एक तो यह कि अधिकतर संस्थाओं में उसी व्यक्ति की उन्नति होती है, जो अपने वर्तमान पद पर अच्छे-से-अच्छा काम करता है।

अक्सर संस्थाएं यह देखने की परवाह नहीं करतीं कि वह व्यक्ति उन्नति के बाद अपने नए पद का नया और कुछ और अधिक कठिन भार वहन करने के योग्य है या नहीं। दूसरी ख़ास वजह यह है कि वह व्यक्ति अपनी पदोन्नति के बाद भी अपने पुराने ढंग से ही कार्य करता रहता है, जैसे वह अपने पुराने पद पर करता रहा था। उसमें आवश्यक बदलाव बिल्कुल नहीं लाता। इस कारण वह अपने अगले उन्नत स्थान पर सफल नहीं हो पाता और उसकी आगे की उन्नति रुक-सी जाती है। वह अपने नए पद की ज़िम्मेदारी का सही आकलन नहीं कर पाता और पुराने ढंग से ही काम करता रहता है और अपने को अधिक ज़िम्मेदारी निभाने में असफल पाता है।

जब हम किसी संस्था में सीढ़ी-दर-सीढ़ी उन्नति करते जाते हैं, तो हमारा

दृष्टिकोण बदलता रहता है। किसी मसले को समझने और सुलझाने के तरीक़े में भी यथायोग्य बदलाव आता है। जब कोई व्यक्ति अपनी संस्था में पद की पहली पायदान पर होता है, तो मानो वह किसी इमारत की पहली मंज़िल पर है। उसे आस-पास की चीज़ें ही दिखाई देती हैं। जब वह उन्नति के बाद दूसरी पायदान पर पहुंचता है, तो मानो वह इमारत की दूसरी मंज़िल पर हो, जहां से उसे अपनी इमारत की चारदीवारी के बाहर की चीज़ें भी दीखने लगती हैं। और जब वह अपनी उन्नति करते-करते सबसे आला अफ़सर का पद ग्रहण करता है, तब मानो वह अपनी इमारत की सबसे ऊंची मंजिल पर पहुंच जाता है, जहां से उसे दूर-दूर की चीज़ें दिखाई देने लगती हैं। यानि उसे अपनी संस्था का वर्तमान और भविष्य साफ़ दिखाई देने लगता है। इसी तरह हर व्यक्ति का दृष्टिकोण और साथ-साथ अपने काम का नज़रिया भी उसकी पदोन्नति के साथ-साथ धीरे-धीरे बदलता रहना चाहिए, ताकि वह अपनी अधिक ज़िम्मेदारी को सच्चाई और सही ढंग से निभा सके।

जब कोई संस्था धीरे-धीरे फलने-फूलने लगती है और इसके कार्य का विस्तार देश के कोने-कोने तक फैल जाता है, तो किसी एक स्थान से उसकी सभी शाखाओं के काम पर उचित निगरानी रखना असम्भव-सा हो जाता है। इसलिए उस संस्था को कई मंडलों एवं क्षेत्रों में विभाजित करना पड़ जाता है। ऐसे में विभिन्न श्रेणी के अधिकारियों को अपनी अलग-अलग प्रकार की ज़िम्मेदारियां सौंपी जाती हैं, और प्रत्येक उच्च अधिकारी का कर्त्तव्य हो जाता है कि वह अपनी विभिन्न ज़िम्मेदारी को अच्छी तरह समझे और समुचित तौर पर उसका सही-सही निर्वाह करे। अपनी हर उन्नति पर अपने काम करने के ढंग में समुचित बदलाव लाए।

एक क्षेत्रीय प्रबंधक की पदोन्नति मंडल प्रबंधक के स्थान पर हो गई। लेकिन वह क्षेत्रीय प्रबंधक के तरीक़े से ही अपनी नई ज़िम्मेदारी का निर्वाह करता रहा। इसके कारण वह अपनी नई ज़िम्मेदारी को समझने-परखने में नाकाम रहा और उसकी अगली उन्नति में काफ़ी विलम्ब हुआ। यदि वह अपने काम के पुराने ढंग को समुचित तौर पर बदल देता तो उसकी सफलता निश्चित थी और उसकी शीघ्र उन्नति भी।

एक निदेशक (वित्त) की पदोन्नति उस संस्था के अध्यक्ष के स्थान पर हो गई। वह सभी फाइले जल्दी-से-जल्दी निबटा लेता था। लेकिन जब कोई वित्त संबंधी फाइल उसके सामने आती थी, तब वह उस पर टिप्पणियां करता था। यहां तक कि कभी-कभी ऐसा लगता था जैसे उस फाइल पर उसने स्वयं ही सारा कृत्य नए सिरे से किया हो। जब हम सर्वोच्च पद पर पहुंच जाते हैं, तो हमें हर क्षेत्र के काम पर ध्यान देना चाहिए और अपनी किसी एक ख़ास कार्यक्षेत्र की विद्वता एवं कार्यकुशलता को अनावश्यक तौर पर दर्शाने की कोशिश नहीं करनी चाहिए। अपने काम करने के ढंग में सही और समुचित बदलाव लाना चाहिए। अपने पुराने काम करने के ढंग को भूलने का प्रयास करना चाहिए और नए काम करने के नए ढंग को अपनाना चाहिए, जो आपके नए पद के अनुकूल हो। उसे संस्था के हर काम का थोड़ा-थोड़ा समुचित मात्रा में ज्ञान होना चाहिए, न कि केवल एक काम का सम्पूर्ण ज्ञान।

इस संबंध में संस्था की भी काफ़ी बड़ी ज़िम्मेदारी है कि वह अपने अधिकारियों को उन्नति के बाद उच्च स्थान की ज़िम्मेदारी को सही तौर पर निभाने के लिए क्रमशः तैयार करता रहे, ताकि जब किसी व्यक्ति की उन्नति हो, तो वह अपने काम करने के तौर-तरीक़े को, अपने नए पद की ज़िम्मेदारी के निर्वाह के लिए, सहज भाव से ढाल सके।

यह सोचना-समझना भी नादानी होगी कि कोई व्यक्ति उन्नति पाने के बाद पहले दिन से ही अपनी कार्य पद्धति में समुचित बदलाव लाने में सफल होगा। इसमें कुछ समय ज़रूर लगेगा–एक सप्ताह, दो सप्ताह, चार सप्ताह–लेकिन शीघ्र ही वह अपनी कार्य पद्धति को समुचित तौर पर बदल लेगा और अपनी नई कुर्सी के अनुकूल काम करने लगेगा और सफल भी होगा।

किसी व्यक्ति को अधिक ज़िम्मेदारी निभाने के योग्य बनाने के लिए समय-समय पर प्रशिक्षण की भी काफ़ी आवश्यकता है। इसलिए संस्था को प्रशिक्षण के क्षेत्र में भी समुचित ध्यान देना चाहिए।

यदि कभी कोई उच्च अधिकारी छुट्टी पर चला जाए, तो उसके जूनियर अफ़सर को उसके पद पर आसीन कर देना चाहिए, ताकि थोड़े समय के लिए उसे अपने से अधिक ज़िम्मेदारी की कुर्सी का भार उठाने का सुअवसर

प्राप्त हो, और जब उसकी पदोन्नति हो, तो उसे अपने काम के ढंग को बदलने में अधिक परेशानी न उठानी पड़े, क्योंकि उसे ऊंची कुर्सी की ज़िम्मेदारी निभाने का अभ्यास होने लगेगा।

जब वह अपने उच्च अधिकारी की छुट्टी के बाद अपने पुराने स्थान पर आएगा, तब भी उसके दिमाग़ में यह चलता रहेगा कि उसने उच्च अधिकारी के पद पर कौन-सा काम अच्छा किया और किस काम में कुछ कमी रह गई। इस तरह वह अपने को अधिक ज़िम्मेदारी की कुर्सी पर काम करने योग्य बनाने की भरपूर कोशिश करता रहेगा। वह अपने अंदर-ही-अंदर इस बात की अथक कोशिश करता रहेगा कि जब भी उसकी पदोन्नति हो, वह अपनी ज़िम्मेदारी को जल्द ही समझ ले और उसका सही निर्वाह करने में सफल भी हो।

काम की बातें (Action Points)

- ☞ हमें सक्रिय प्रयास करना चाहिए कि हम अपने पुराने पद के कर्त्तव्य और कार्य-प्रणाली में समुचित बदलाव लाएं जो हमारे उच्च पद के लिए अनुकूल हो। और अपने पुराने पद की कार्य-प्रणाली को धीरे-धीरे भूलने और छोड़ने का प्रयास करें। इस प्रकार हम पीटर के सिद्धांत को नकारने में सफल हो पाएंगे।
- ☞ उच्च अधिकारी को अपने 'मुख्य' कार्य पर अधिक ध्यान देना चाहिए और अपने 'सामान्य' कार्यों को अपने जूनियर के हवाले कर देना चाहिए। इससे उसको अपने 'मुख्य' कार्य करने के लिए अधिक समय मिल पाएगा।
- ☞ हमें यह भी ध्यान देना चाहिए कि हम किसी व्यक्ति की पदोन्नति केवल उसके वर्तमान पद की सफलता के आधार पर ही नहीं करें। हम यह भी परख लें कि वह अपने अगले उच्चतर पद का भार संभालने में सक्षम है या नहीं। यदि नहीं तो उसे उच्चतर पद का कार्यभार संभालने योग्य बनाना चाहिए, उसे प्रशिक्षित करना चाहिए कि वह अपने उच्चतर पद पर उतना ही सक्षम और सफल सिद्ध हो।
- ☞ साथ-ही-साथ हमें इस बात का भी सक्रिय प्रयास करते रहना चाहिए कि हमारा कोई भी अधिकारी पीटर के सिद्धांत का शिकार न हो पाए और उन्नति होने पर अपने पद के अनुसार अपने कार्य करने के तरीक़ों को सुचारु रूप से ढाल ले। इस प्रकार हमारी पूरी संस्था पीटर के सिद्धांत को नकारने में सक्षम और सफल सिद्ध होगी।

अध्याय 3 हम अपने आला अफ़सर, अपने बराबर के पदाधिकारी एवं स्वयं अपने आपको कैसे संभालें?

- अपने आला अफ़सर को कैसे संभालें?
- जीतने के लिए थोड़ा झुकें भी
- कुछ लोगों को दूसरों की तारीफ़ करने में परेशानी होती है–इसका कारण और समाधान
- आप अपने लोगों का नेतृत्व करें–अपनी कुर्सी के बल पर नहीं, बल्कि यथार्थ में

अपने आला अफ़सर को कैसे संभालें?

वह मनुष्य जिसे अपनी प्रशंसा पसंद नहीं है, वह सम्पूर्ण मनुष्य नहीं है।

– हेनरी वार्ड बीचर

क्या आप अपने आला अफ़सर की तारीफ़ करते हैं? शायद नहीं, क्योंकि आप समझते हैं कि अपने आला अफ़सर की तारीफ़ करना भी एक प्रकार की चमचागीरी है, और आपको किसी की चमचागीरी करना पसंद नहीं है। ऐसा करने से आपके आत्म-सम्मान को ठेस पहुंचती है। लेकिन आपको समझ लेना चाहिए कि किसी की तारीफ़ करना निश्चित तौर पर उसकी चमचागीरी करना ही नहीं है। प्रशंसा करने और चमचागीरी करने में बहुत अंतर है–इन दोनों के बीच की रेखा भले ही बहुत महीन और पतली हो, लेकिन है बहुत मज़बूत और प्रभावशाली।

अपने आला अफ़सर की प्रशंसा करने का अर्थ यह नहीं है कि आप उसके सामने पूर्ण रूप से नत-मस्तक हो जाएं, या उसकी गाड़ी का दरवाज़ा स्वयं खोलें या उसकी कप-प्लेट ख़ुद ही उठाकर ले जाएं। कुछ योग्य अधिकारी ऐसे व्यवहार को नापसंद भी करते हैं, क्योंकि उन्हें चापलूसी पसंद नहीं है। लेकिन, जैसा कि हम सभी जानते हैं, अपनी प्रशंसा सबको अच्छी लगती है। अक्सर आला अफ़सरों में आत्मविश्वास की कमी कभी-कभी आ ही जाती है। इसलिए जब कोई उनकी प्रशंसा करता है, उनके काम करने के तरीक़े को सराहता है, तो उनका आत्मविश्वास फिर लौट आता है। इसलिए उन्हें भी अपनी प्रशंसा की ज़रूरत महसूस होती है।

जब आपका वरिष्ठ अधिकारी आपकी तारीफ़ करता है, तब आपको

अच्छा लगता है और इस कारणवश आपको अपना अधिकारी भी अच्छा लगता है। इसी प्रकार जब आप अपने अधिकारी की प्रशंसा करते हैं; तो उसे भी अच्छा लगता है और इस कारणवश वह आपको भी अधिक पसंद करने लगता है। इस तरह आपको, प्रसन्न और शान्त वातावरण में काम करने को मिलता है और आपको अपना मनपसंद पद भी मिल सकता है, और आपकी उन्नति भी जल्दी हो सकती है।

लेकिन आपको कड़ी-से-कड़ी मेहनत करने से कतराना नहीं चाहिए, क्योंकि सफलता प्राप्त करने का कोई छोटा-सा सरल रास्ता नहीं होता है। लेकिन केवल कठिन परिश्रम करना ही पर्याप्त नहीं है। इसके साथ-साथ कुछ और करना भी ज़रूरी है– यानी अपने अधिकारी की तारीफ़ करना, जिससे वह ख़ुश रहे और आपकी उन्नति में सहायक हो सके।

आपने देखा होगा कि कई योग्य अथवा परिश्रम करने वाले अधिकारी कभी-कभी समयानुसार पदोन्नति नहीं पाते और इसके विपरीत कुछ अधिकारी जो उतने योग्य एवं परिश्रमी नहीं है फिर भी उनकी पदोन्नति जल्दी हो जाती है। इसका एक विशेष कारण है अपने अधिकारी की तारीफ़ करना या न करना। उसे ख़ुश रखना या ख़ुश नहीं रखना, उसकी परवाह करना या न करना। हम जानते हैं कि गाड़ी पेट्रोल से चलती है, लेकिन पेट्रोल के साथ-साथ इंजन का तेल भी ज़रूरी है। जब पेट्रोल समाप्त हो जाता है, तो गाड़ी रुक जाती है, लेकिन गाड़ी में कोई खराबी नहीं आती। लेकिन यदि इंजन का तेल समाप्त होने पर भी गाड़ी चलती रहे तो उस गाड़ी का इंजन बैठ सकता है और काफ़ी बड़ा नुकसान हो सकता है। इसलिए कठिन परिश्रम (पेट्रोल) के साथ-साथ अपने आला अधिकारी की तारीफ़ करना, उसे ख़ुश रखना (इंजन का तेल) भी अति आवश्यक है। इस प्रकार आपके कठिन समय में आपका आला अधिकारी आपका सहायक सिद्ध हो सकता है।

आपको किसी के सामने अपने आला अफ़सर की शिकायत नहीं करनी चाहिए। उसमें कोई कमी ढूढ़ने का प्रयास नहीं करना चाहिए। इसके विपरीत आपको सदा इस खोज और ताक में रहना चाहिए कि आप अपने अधिकारी को कोई अच्छा काम करते हुए 'पकड़ें' और फ़ौरन उसकी तारीफ़

करें। उसे अच्छा लगेगा और परिणाम स्वरूप वह आपका भी भला सोंचेगा और करेगा। पर ध्यान रहे कि आपकी तारीफ़ सच्ची होनी चाहिए, बनावटी नहीं, क्योंकि उसे बनावटी तारीफ़ पकड़ने में देर नहीं लगेगी और इसका नतीजा बुरा ही होगा। आप अपने अधिकारी की छोटी-मोटी बातों की भी तारीफ़ कर सकते हैं–जैसे उसकी नई गाड़ी या नए सूट की, उसके बगीचे और फूल-पत्तों की और उसके घर के अच्छे रख-रखाव की। उसे ज़रूर ही अच्छा लगेगा।

एक बार एक अधिकारी को अपने कार्यालय में जगह की कमी महसूस हो रही थी, और कर्मचारी अपने टिफ़िन रूम की मांग कर रहे थे, जिसमें वह जलपान कर सकें। उस अधिकारी ने देखा कि एक अच्छे-भले कमरे में काग़ज़ात और फॉर्म भरे पड़े हैं। उसने उन काग़ज़ात और फॉर्म को एक दूसरे कोने के कमरे में रखवा दिया और उस अच्छे कमरे को कर्मचारी के टिफ़िन रूम में परिवर्तित कर दिया। एक अफ़सर ने उस अधिकारी के पास जाकर उसके इस कार्य के लिए उसकी तारीफ़ की और उसे काफ़ी अच्छा लगा।

कई व्यक्ति अपने अधिकारी को बड़े मान और आदर से देखते हैं और मन-ही-मन उसकी प्रशंसा भी करते हैं। लेकिन इससे आला अधिकारी अनजान रह जाता है। ऐसे व्यक्तियों को चाहिए कि वे कभी-कभी खुले दिल से अपने अधिकारी के पास जाकर उसके काम करने के तौर-तरीक़े इत्यादि, की तारीफ़ भी करें।

कुछ अधिकारी अपने जूनियर के अच्छे कामों की अनदेखी करते रहते हैं और सदा इस ताक में रहते हैं कि किसी को ग़लत कार्य करते हुए पकड़ा जाए। ऐसे अधिकारियों में आत्म-सम्मान एवं आत्म-विश्वास की कमी पाई जाती है। वे अपने अंदर-ही-अंदर अनावश्यक तौर पर ख़ुद को अयोग्य और अप्रशंसनीय समझते रहते हैं। वे हमारे गुस्से के ही अधिकारी नहीं हैं, बल्कि हमारी तरस और हमदर्दी के भी हक़दार हैं। और ऐसे अधिकारी के डांटने पर हमें अपना दिल छोटा नहीं करना चाहिए, क्योंकि डांटना तो उसकी आदत-सी बन चुकी होती है। ऐसा कहना तो बहुत आसान है, लेकिन इस पर अमल करना टेढ़ी खीर है। लेकिन कई जूनियर ऐसा करने में सफल भी

हुए हैं। वे जानते हैं कि भगवान ने हमें दो कान दिए हैं। एक कान (डांट) सुनने के लिए और दूसरा कान उस डांट को बाहर निकाल फेंकने के लिए। डांट सुनना, वह भी बिना वजह, किसी को भी पसंद नहीं है। लेकिन डांट सुनकर हतोत्साहित होना और उसी बारे में सोचते रहना आपके लिए काफ़ी हानिकारक और घातक सिद्ध हो सकता है, और आपके बिगड़ैल अधिकारी का कुछ भी बिगड़ने वाला नहीं है।

यदि आपका अधिकारी आपका अच्छा पड़ोसी, अच्छा दोस्त या सहपाठी हो और आप से अच्छी तरह पेश आता हो, तो आप उसके इस भलेपन का अनुचित लाभ उठाने की चेष्टा न करें। दफ़्तर में आप उसके साथ आदर और सम्मान से पेश आएं और एक समुचित दूरी बनाए रखें। इससे आप दोनों का लाभ-ही-लाभ होगा।

आपको अपने अधिकारी को कभी-कभी, खाने पर भी बुलाना चाहिए। बेहतर होगा, यदि आप उसे सपरिवार आने की दावत दें। उसे अच्छा लगेगा और आप दोनों का घनिष्ठ संबंध और भी गहरा एवं प्रगाढ़ हो जाएगा, जो समय-समय पर आपका भला ही करेगा।

कभी-कभी आपका अधिकारी आपसे कह सकता है कि वह एक दिन आपके घर आएगा। ऐसी दशा में उसे अपने आप घर आने का इंतज़ार न करें। जल्द-से-जल्द उसे सपरिवार खाने पर बुला लें। हो सकता है शायद उसका इशारा इसी ओर हो।

हो सकता है कि कभी आपका अधिकारी आपसे किसी काम के लिए कोई विशेष सहायता की मांग कर बैठे। इससे आपका कार्यभार बढ़ेगा ज़रूर, पर आपको उसके ऐसे कठिन समय पर सहायता करने के लिए तत्पर रहना चाहिए। आपको समझना चाहिए कि आपके अधिकारी को दूसरों की बजाय आप पर अधिक भरोसा है। इस बात पर आपको गर्व होना चाहिए।

यदि आपका अधिकारी आपको किसी ख़ास काम को शीघ्रता से पूरा करने के लिए कहे, तो आपको चाहिए कि आप अपने अत्यावश्यक कार्य को थोड़ा रोककर अपने अधिकारी के काम को फटाफट पूरा कर दें। इससे आपका अधिकारी आपकी योग्यता का लोहा मान लेगा। याद रहे–अधिकारी

के काम की प्रमुखता किसी भी और अन्य कार्यों की अपेक्षा कहीं और अधिक महत्त्वपूर्ण होती है।

आपको चाहिए कि आप अपने अधिकारी के पास कोई समस्या लेकर न जाएं। अपनी सारी समस्याएं स्वयं ही सुलझाने का प्रयास करें। और यदि कोई समस्या अपने अधिकारी के सामने प्रस्तुत करना अत्यावश्यक ही हो जाए, तो केवल समस्या ही लेकर न जाएं। अपने अधिकारी को उस समस्या को सुलझाने में मदद करें।

यदि आपको किसी अयोग्य अधिकारी के साथ काम करने का मौक़ा पड़ जाए, तो आप उसे कदापि नीचा या छोटा दिखाने की कोशिश न करें। आप दूसरों के सामने ख़ुद को अपने अधिकारी से अधिक योग्य साबित करने की ग़लती न करें। ऐसा करने से अन्य लोग तो आपकी तारीफ़ करेंगे, लेकिन अपने अधिकारी के मन में आप कांटे की तरह चुभते रहेंगे। और वह पहला मौका पड़ते ही आपका भरसक नुकसान करने में कोई कोर-कसर बाकी नहीं छोड़ेगा। इससे आपका नुकसान-ही-नुकसान है, जो आपकी उन्नति में भी बाधक सिद्ध हो सकता है।

काम की बातें (Action Points)

- हमें हमेशा इस बात को ध्यान में रखना चाहिए कि हमारे अफ़सर को भी अन्य लोगों की तरह ही, अपनी तारीफ़ सुनना अत्यधिक अच्छा लगता है और वह अपनी तारीफ़ सुनकर प्रसन्न होता है।
- हमें यह भी समझ लेना चाहिए कि अपने अधिकारी की तारीफ़ करने में और उसकी चमचागीरी करने में जमीन-आसमान का अंतर है–दोनों की विभाजन रेखा अति महीन और पतली होती है, लेकिन होती है काफ़ी महत्वपूर्ण।
- हमें अपने अधिकारी की आलोचना किसी और के सामने कभी भी नहीं करनी चाहिए। इससे हमारा अपना ही नुकसान हो सकता है, हमारी मानसिक शांति भंग हो सकती है और हमारी पदोन्नति में भी मुश्किल आ सकती है।
- हमें यह पूरी तरह समझ लेना चाहिए कि यदि 'काम करना पूजा है' तो 'पूजा करना (अपने अधिकारी की तारीफ़ करना) भी काम है।' गाड़ी पेट्रोल से चलती है लेकिन उसे सुचारु रूप से चलाने के लिए इंजन के तेल की भी आवश्यकता होती है।
- हमें समझ लेना चाहिए कि जब हमें अपने जूनियर का प्रबंधन करने में और अपने समान पद पर आसीन अधिकारियों का प्रबंधन करने में कोई परेशानी या दिक़्क़त महसूस नहीं होती है, तो हमें अपने आला अफ़सर के प्रबंधन करने में, उसकी समय-समय पर तारीफ़ करने में भी कोई दिक़्क़त नहीं होनी चाहिए।
- इसलिए हमें अपने आला अफ़सर का भी समुचित प्रबंधन करना चाहिए। हमें कड़ी मेहनत से अपना काम करना चाहिए और समय-समय पर अपने आला अफ़सर की तारीफ़ भी करते रहना चाहिए, ताकि वह आपके प्रति ख़ुशी और सहानुभूति का रवैया रखे। इस तरह आप उसके दिल में अपने प्रति एक अच्छा और कोमल स्थान पाने में सफल होंगे, जिससे आपको अपनी संस्था में पदोन्नति का भी यथोचित अवसर प्राप्त होता रहेगा।

जीतने के लिए थोड़ा झुकें भी

यदि किसी व्यक्ति में दूसरों के प्रति आदर भाव नहीं है, तो उसमें और जानवर में कोई खास फर्क नहीं है।

– *कनफ्यूशियस*

हम अपनी संस्था में अपने जूनियर का खास ख्याल रखते हैं; उन्हें उत्साहित करते रहते हैं और समय-समय पर उनकी पीठ भी थपथपाते रहते हैं, जिससे वह मन लगाकर अच्छा काम करें। हम अपने अधिकारियों का भी समुचित ख्याल रखते हैं; उनके कार्यों की प्रशंसा करते रहते हैं; उन्हें अपने कठिन परिश्रम से उनका मन जीतने का प्रयास करते रहते हैं। लेकिन शायद हम उन अधिकारियों का, जो हमारे समान पद पर नियुक्त हैं, समुचित ख्याल नहीं रखते हैं। उनसे अच्छा संबंध बनाए रखने का प्रयास नहीं करते हैं। यह हमारी भारी भूल है। किसी भी संस्था में हमारा सिर्फ आत्मनिर्भर होना ही काफ़ी नहीं है। हम एक-दूसरे पर भी निर्भर रहते हैं। हमें अपने समान पद पर आसीन अधिकारियों से भी अक्सर काम पड़ता रहता है। सभी समान पद पर आसीन अधिकारियों को समय-समय पर एक-दूसरे से विचार-विमर्श करने एवं उनसे कुछ कामों के लिए सहायता मांगने की अक्सर आवश्यकता पड़ती रहती है। इसलिए हमें चाहिए कि हम अपने समान पद पर आसीन अधिकारियों से भी प्रेमपूर्वक पेश आएं, ताकि समय पड़ने पर वे भरसक सहायता करने को हमेशा तैयार रहें और मन से आपके मददगार साबित हों। इससे आपस में मेल-जोल और सद्भाव बना और बढ़ता रहता है। हमारे समान न

पद पर आसीन अधिकारी हमारे कामों पर निगरानी तो नहीं रखते, ना ही हमें कोई निर्देश दे सकते हैं, लेकिन समय-समय पर हमारे सहायक अवश्य सिद्ध हो सकते हैं।

किसी भी प्रशिक्षण संस्थान में कई शिक्षकगण होते हैं। और वह संस्थान कई प्रकार के प्रशिक्षण कार्यक्रम करता है। हर शिक्षक को समय-समय पर किसी-न-किसी कार्यक्रम को संचालित करने की ज़िम्मेदारी सौंपी जाती है। हर कार्यक्रम में पढ़ाने के लिए कई शिक्षकों के सहयोग की आवश्यकता होती है। इसलिए किसी भी कार्यक्रम के संचालक को कई दूसरे शिक्षकों को पाठ्यक्रम में पढ़ाने के लिए अनुरोध करना पड़ता है, और सभी शिक्षकगण ख़ुशी-ख़ुशी उसके कार्यक्रम में पढ़ाने के लिए हामी भर देते हैं, क्योंकि वे जानते हैं कि अगले कार्यक्रम के संचालन के समय उस शिक्षक के सहयोग की भी आवश्यकता पड़ने वाली है। और यदि उसके कार्यक्रम में भाग लेने में आना-कानी करेंगे, तब वह शिक्षक भी उनको सहयोग देने में कोई-न-कोई बहानेबाज़ी करके निकलने की कोशिश करेगा, जिस कारण कार्यक्रम के संचालक को परेशानी का सामना करना पड़ सकता है। इस तरह हम देखते हैं कि हर कार्यक्रम में संचालक को दूसरे शिक्षकों के सहयोग की परम् आवश्यकता होती है, क्योंकि हर कार्यक्रम में कई शिक्षकों का सहयोग ज़रूरी होता है—अपने-अपने विशेष विषय पर कार्यक्रम में चर्चा करने के लिये। इस तरह सभी शिक्षक सिर्फ़ अकेले ही पूरा प्रशिक्षण कार्यक्रम नहीं चला सकते हैं—वे एक दूसरे पर अंतरनिर्भर रहते हैं। उनमें आपस में सहयोग भाव से कार्य करना अनिवार्य हो जाता है। भले सभी शिक्षक समान पद पर आसीन होते हैं, लेकिन अंतरनिर्भर होने की वजह से एक दूसरे की मदद करने के लिए सदा ही ख़ुशी-ख़ुशी तत्पर रहते हैं। लेकिन दूसरे शिक्षकों का सहयोग लेते समय आप उन पर हुक्म नहीं चला सकते। कोई ज़ोर-ज़बर्दस्ती नहीं कर सकते। आपको उनके सामने झुकना चाहिए और उनसे सादर विनती करनी चाहिए कि आपके कार्यक्रम में उनके सहयोग की आवश्यकता है और वे कृपया उस पाठ्यक्रम में अपने क्षेत्र का पाठ पढ़ाने की कृपा करें।

एक बार एक प्रशिक्षण संस्थान में एक शिक्षक को किसी कार्यक्रम का संचालन करने की ज़िम्मेदारी सौंपी गई थी। उसने अपने एक सहयोगी

शिक्षक को टेलीफ़ोन पर, निर्देश भरे स्वर में, कहा कि उसके कार्यक्रम में उसे एक विषय पर दो घंटों का पाठ पढ़ाना है, और साथ ही उससे यह भी कहा कि वह फ़ौरन उसके कमरे में आ जाए और समय-सारिणी से विषय, दिन एवं समय नोट कर ले।

उस शिक्षक को अपने सहयोगी के इस निर्देश भरे व्यवहार से स्वाभाविक तौर पर बुरा तो लगा, लेकिन वह अपने गुस्से को मन-ही-मन पी गया और यह बहाना कर दिया कि अमुक प्रशिक्षण कार्यक्रम में उस विषय की आवश्यकता नहीं है, और उस विषय का पाठन सफल नहीं होगा। यह कहकर उसने अपनी जान छुड़ा ली।

कुछ समय बाद उसी प्रकार के प्रशिक्षण कार्यक्रम का संचालन उस शिक्षक को मिला, जिसने कहा था कि उसका अमुख पाठ उस कार्यक्रम में सफल नहीं होगा। लेकिन उसने अपने कार्यक्रम में उसी विषय पर तीन घंटों का कार्यक्रम अपने नाम रखा। यह देखकर उसके सहयोगी शिक्षक को यह बात समझते देर नहीं लगी कि उस शिक्षक ने उसके कार्यक्रम में वह विषय क्यों नहीं पढ़ाया था, और अपने उसी कार्यक्रम में तीन-तीन घंटों का पाठ्यक्रम क्यों रखा? ..

इस सच्ची घटना से यह साफ़ हो जाता है कि अपने समान पद पर आसीन अधिकारी या प्रशिक्षक से सहायता मांगते समय हमें विनम्र होना चाहिए। उससे कभी भी निर्देश देने के स्वर में बात नहीं करनी चाहिए और न ही उसे अपने कमरे में बुलाना चाहिए। इसके विपरीत, उसे स्वयं उसके कमरे में जाना चाहिए और उससे आग्रह करना चाहिए कि उसके कार्यक्रम में उसके सहयोग की आवश्यकता है और कृपया वह उस कार्यभार को स्वीकार करे। ऐसे व्यवहार से उसे उसका सहयोग अवश्य मिलेगा। एक समान पद पर आसीन अधिकारियों में भाई-चारे से, प्यार-मोहब्बत से, ज़रा-सा झुकने से, बहुत काम आसानी से हो जाते हैं।

यदि आपका वरिष्ठ अधिकारी किसी कार्य को करने के लिए विशेष आग्रह करे, तो आपको इस आग्रह को आदेश ही समझना चाहिए। यह आपके वरिष्ठ अधिकारी का बड़प्पन है, कि निर्देश देने के बजाए, वह आपसे आग्रह कर रहा है। ऐसे में आपको मन लगाकर उस आला अफ़सर

के उस अमुक काम को शीघ्रातिशीघ्र पूरा करना चाहिए। समान पद पर आसीन अधिकारियों में आपस में मेल-जोल और भाईचारे के वातावरण को पोषित करने और उसे बढ़ावा देने में वरिष्ठ अधिकारी का भी कुछ कर्त्तव्य बनता है। उसे समान अधिकारियों की एक दूसरे की चुगली पर ध्यान नहीं देना चाहिए और नीचे तक यही संदेश भेजना चाहिए कि उन्हें आपसी तौर पर मेल-जोल से, दोस्ताना व्यवहार अपनाते हुए, अपनी समस्याओं का हल स्वयं ढूढ़ लेना चाहिए।

इन सारी बातों से यही तथ्य सामने उभर कर आता है कि आपको सिर्फ अपने जूनियर या अपने अधिकारी से ही अच्छा संबंध नहीं स्थापित करना चाहिए। बल्कि हमें समझना चाहिए कि हमें अपने समान पद पर नियुक्त अधिकारी से भी प्रगाढ़ संबंध बनाए रखना चाहिए, क्योंकि समय-समय पर हमें उनकी ज़रूरत पड़ सकती है और उनको हमारी। इसलिए आपस में दोस्ताना व्यवहार और मेल-जोल का भाव सदा ही रखना काफ़ी महत्वपूर्ण है।

काम की बातें (Action Points)

- ☞ हमें अपने समान पद के अधिकारियों के साथ भी अच्छा व्यवहार करने और दोस्ताना संबंध बनाए रखने की महत्ता को हमेशा ध्यान में रखना चाहिए।
- ☞ हमें समझना चाहिए कि अपने समान पदाधिकारियों से मेल-जोल का भाव रखना अत्यंत ही आवश्यक है, क्योंकि हमें एक दूसरे की सहायता की हमेशा ज़रूरत पड़ती रहती है। हम एक दूसरे के पूरक हैं और एक दूसरे पर परस्पर अंतर्निर्भर हैं।
- ☞ हमें एक दूसरे की ज़रूरत का हमेशा ध्यान रखना चाहिए और एक दूसरे की सहायता करने के लिए सदा तत्पर रहना चाहिए; क्योंकि यदि हम कठिन समय में उनकी सहायता करेंगे, तो वे भी आपके आड़े समय में आपके काम आएंगे। इसमें दोनों का भला है और आपकी गाड़ी समुचित तौर पर आसानी से चलती रहेगी।
- ☞ हमें ध्यान रखना चाहिए कि हम उनसे निर्देश देकर उनसे काम नहीं ले सकते, क्योंकि आप उनके अधिकारी नहीं हैं। हम उनसे ज़रा झुककर, प्रेम भाव से विनती करके, ज़्यादा-से-ज्यादा सहयोग प्राप्त कर सकते हैं। आपस का आपसी अच्छा संबंध ही हमारे लिए कारगर सिद्ध हो सकता है।
- ☞ हमें समझना चाहिए कि किसी भी संस्था में संस्था के विभिन्न विभाग एक दूसरे पर निर्भर हैं और आपसी सहयोग से ही हम अपनी संस्था की उत्पादकता एवं आमदनी बढ़ा सकते हैं।
- ☞ इसलिए हमें अपने साथी अधिकारी, जो समान पद पर आसीन हैं, उनसे हमेशा दोस्ताना व्यवहार करना चाहिए। हमें एक दूसरे पर पूरा भरोसा होना चाहिए कि ज़रूरत पड़ने पर उनकी सहायता हमें अवश्य उप्लब्ध होगी। आपसी ताल-मेल बनाए रखना अति आवश्यक है। हमें एक टीम की तरह काम करना चाहिए और एक दूसरे की सहायता करने की सदा भरपूर कोशिश करनी चाहिए।

आप अपने लोगों का नेतृत्व करें–अपनी कुर्सी के बल पर नहीं, बल्कि यथार्थ में

आदमी महत्वपूर्ण नहीं है। महत्वपूर्ण वह है जो निर्देश देता है, हुक्म चलाता है।

–चार्ल्स डि गौले

1. **क्या** आप अपने को असुरक्षित महसूस करते हैं और अपने जूनियर को भी असुरक्षित रहने पर मजबूर कर देते हैं, ताकि उनके पनपने में और उन्नति करने में कठिनाई हो?
2. क्या आपके अंदर कोई डर समाया होता है कि कहीं आपसे कोई ग़लती न हो जाए और आपका अधिकारी आपसे अप्रसन्न न हो उठे? इस तरह आप अपने पूरे वातावरण को ही इस अज्ञात डर से भर देते हैं, जिसका असर आपके जूनियर पर हुए बिना नहीं रह सकता।
3. क्या आप अपने में आत्म-सम्मान की कमी महसूस करते हैं, जिसकी वजह से आप अपने जूनियर के आत्म-सम्मान और आत्म-विश्वास पर ठेस पहुंचाते रहते हैं? और उनको यह समझने के लिए मजबूर कर देते हैं कि वे अयोग्य और निकम्मे हैं?
4. क्या आप अपने जूनियर की ग़लती पकड़ने की ताक में रहते हैं, ताकि आप उसे डांट सकें और यह साबित कर सकें कि आप उससे कहीं बेहतर हैं? आपको समझना चाहिए कि आपका ऐसा करना आपकी ख़ुद की ही हीन भावना और अयोग्यता का द्योतक है।

5. क्या आप अपने जूनियर की छोटी-से-छोटी ग़लती पर अनावश्यक तौर पर कड़ी डांट पिला देते हैं? आपको जानना चाहिए कि जबकि सही मात्रा में सही ढंग से डांटना आपके जूनियर को सुधार सकता है, आपका ग़लत तरीक़े से ज़रूरत से अधिक डांटना उसके लिए हानिकारक सिद्ध हो सकता है।
6. क्या आप अपने जूनियर को उसकी ग़लती के लिए डांटते हैं, ताकि उसमें सुधार आ सके, या आप उसे इसलिए डांटते हैं कि आपको डांटने में मज़ा आता है और आपका आत्म-सम्मान बढ़ता है? इससे आपके जूनियर का मनोबल घटता है और उसके आत्म-सम्मान को ठेस पहुंचती है और वह निरुत्साहित हो उठता है।
7. क्या आप अपने जूनियर को डराकर रखते हैं कि आप उसकी उन्नति में बाधा डाल सकते हैं और उसकी नौकरी भी ले सकते हैं? शायद आप समझते हों कि आप उनके दिल में डर की भावना डालकर उनसे अधिक-से-अधिक काम ले सकते हैं। यदि ऐसा है, तब आप सरासर ग़लत हैं। आपके जूनियर उत्साहित किए जाने पर अच्छा काम करते हैं, न कि डरा-धमका कर।

यदि ऊपर दिए गए किसी एक भी प्रश्न का आपका उत्तर हां में है, तब इसका साफ़ मतलब यह है कि आप अपनी कुर्सी के बल पर उनका नेतृत्व करते हैं, न कि अपनी योग्यता और सामर्थ्य के बल पर। इस तरह आप अपनी संस्था का अच्छा-खासा नुकसान ही करेंगे। इसलिए यह सार्वजनिक हित में है कि अपने काम करने और दूसरों से व्यवहार करने में नकारात्मक रवैया छोड़ दें और सकारात्मक रवैया अपनाएं। इसके साथ-साथ आप निम्नलिखित बातों का भी ध्यान रखें, जिससे आप में और भी अधिक सुधार आ सके. ताकि आपकी संस्था का भला हो।

1. आप एक-दूसरे से काम सीखने के लिए हमेशा तैयार रहें और सक्रिय रहें–अपने सीनियर से भी और अपने जूनियर से भी। आप उनसे काम करने का अच्छा तरीक़ा सीख सकते हैं। आप उसे अपना लें। साथ-ही-साथ आप अपने सीनियर में काम करने का ग़लत तरीक़ा भी पा सकते हैं। ध्यान रखें कि आप उस ग़लत तरीक़े

से काम न करें। इससे आपके अंदर दिनों-दिन अच्छाइयां बढ़ती जाएंगी और आप एक सुयोग्य अधिकारी बनते जाएंगे।

2. आप अपने लोगों को प्यार करें। उनसे बातें करें। उनकी बातें सुनें। और सबसे ज़्यादा महत्वपूर्ण यह है कि आप उनके बारे में अपने मन में ऊंची धारणा रखें और उन्हें विश्वास दिलाते रहें कि आप उनको योग्य एवं समर्थ समझते हैं। आप उन्हें उत्साहित करते रहें और उनके आत्म-सम्मान एवं आत्मविश्वास को बढ़ाते रहें। इससे उनकी उत्पादकता बढ़ेगी और आपकी संस्था का भी हित होगा।
3. ऐसा आप तभी कर सकते हैं, जब आपका स्वयं का आत्मविश्वास अधिक हो और स्वाभिमान भी। इकबाल ने सही कहा है–

   'खुदी को कर बुलन्द इतना,
   कि हर तक़दीर से पहले;
   ख़ुदा बन्दे से खुद पूछे,
   बता तेरी रजा क्या है?'

   इसका सरल हिन्दी में मतलब यह है कि आप अपने स्वाभिमान और आत्मविश्वास को इतना ऊंचा उठा दें कि भगवान आपसे स्वयं पूछे कि बोल तू क्या चाहता है? मैं तुम्हें मुंह मांगी चीज़ दूंगा।
4. आप अपनी ज़िम्मेदारियों को टालने की कोशिश न करें। आप अपनी ऊंची ज़िम्मेदारी को अपनी मेहनत का फल समझें और जान लें कि इससे आपकी संस्था में आपकी पहचान बनती है और दूसरों की नज़र में आपकी इज़्ज़त बढ़ती है। आपको समझना चाहिए कि इस प्रकार आपको अपनी योग्यता सिद्ध करने का एक अच्छा अवसर मिला है। आपको समझना चाहिए कि हर नई ज़िम्मेदारी एक चुनौती है और ज़्यादा ज़िम्मेदारी और भी अधिक चुनौती है।
5. यदि कोई समस्या आन पड़े, तो उसे छुपाएं नहीं; उससे कतराएं नहीं। उस समस्या का सही हल ढूढ निकालें और उस समस्या का समाधान करें। आपको जान लेना चाहिए कि ऊंचे पद का ताज हमेशा भारी होता है और आप जितने ही उच्च पद पर आसीन होंगे

आपकी ज़िम्मेदारियां बढ़ेंगी और उसके साथ-साथ आपकी परेशानी भी बढ़ेगी। काम पूरा तब होता है, जब आप उस काम को करना शुरू करते हैं। उसी प्रकार आपकी समस्या का समाधान भी तभी होता है, जब आप उस समस्या का सही हल ढूढें और समस्या का समाधान करें। आप समस्याओं का सामना करना सीखें।

6. उच्च अधिकारी का एक सपना होना चाहिए और उसे साकार करने के लिए एक अच्छी और सुगढ़ योजना बनानी चाहिए और उसे पूरे मनोबल और आत्मविश्वास से आगे ले जाना चाहिए, ताकि वह अपने सपनों को साकार करने में सफल हो सके।
7. इस संबंध में सबसे महत्वपूर्ण बात यह है कि आप महत्वपूर्ण कार्यों को अपने जूनियर के हाथों सौंपने की हिम्मत और ताक़त रखें। इससे आप कम समय में ज़्यादा काम निकाल पाएंगे। इस तरह आपके जूनियर नया काम सीख पाएंगे और उनकी योग्यता एवं मनोबल में निखार आएगा। उनका आत्मविश्वास बढ़ेगा कि वे ज़्यादा-से-ज़्यादा कड़ी ज़िम्मेदारी अच्छी तरह निभा सकते हैं। अपने जूनियर को कड़ी ज़िम्मेदारी देने से पहले उनको सही प्रशिक्षण देने की ज़रूरत है और उनका आत्मविश्वास बढ़ाना भी।

काम की बातें (Action Points)

- ☞ हमें कुर्सी के बल पर उच्च अधिकारी बने रहने और यथार्थ में योग्य अधिकारी बनने में अंतर समझना चाहिए।
- ☞ हमें जानना चाहिए कि सिर्फ कुर्सी के आधार पर बना अधिकारी अपने जूनियर का उत्साहवर्धन नहीं कर सकता है। इसके विपरीत वह उनको निरुत्साहित कर सकता है। इससे आपकी संस्था का नुकसान होना निश्चित है।
- ☞ हमें अपने अंदर ईमानदारी से झांकने की कोशिश करनी चाहिए और यह देखना चाहिए कि हम भी कुछ अर्थों में अपनी कुर्सी के आधार पर तो उच्च अधिकारी का कर्तव्य नहीं निभा रहे हैं। यदि हमें इस बात का जरा भी आभास मिले, तो हमें सतर्क हो जाना चाहिए और अपने को समय रहते ही सुधार लेना चाहिए। और सही अर्थ में अपने को योग्य और समर्थ अधिकारी बनाना चाहिए।
- ☞ यदि अपने अंदर झांकने पर हमें सच्चे और यथार्थ रूप में अधिकारी होने की योग्यता दिखे, तो हमें उसे और मज़बूत, व उजागर करने की कोशिश करनी चाहिए। हमें इस बात के लिए सदा सजग और सक्रिय रहना चाहिए एवं अपनी योग्यता को दिन-ब-दिन और बेहतर बनाते रहना चाहिए।
- ☞ इस तरह हम अपने सहयोगियों को एक अच्छा निर्देशन एवं नेतृत्व दे सकेंगे और उन्हें अपनी उन्नति एवं प्रगति की राह पर सदा अग्रसर होते देख पाएंगे। इससे आपकी संस्था का भी भला होगा।

कुछ लोगों को दूसरों की तारीफ़ करने में परेशानी होती है–इसका कारण और समाधान

जब कोई व्यक्ति किसी अन्य व्यक्ति पर उंगली उठाता है, तो उसको याद रखना चाहिए कि उसकी तीन उंगलियां उसकी ही ओर होती हैं।

– कहावत

जब हम किसी दूसरे व्यक्ति की तारीफ़ करते हैं, तो इसके लाभदायक परिणाम होते हैं। उसे अच्छा लगता है, वह उत्साहित महसूस करता है, और उसका काम करने का मनोबल, उसकी काम करने की कामना और भावना, बढ़ जाती है। लेकिन जबकि सभी अधिकारी इस मूल मंत्र को अच्छी तरह जानते हैं, फिर भी कुछ अधिकारियों को दूसरों की तारीफ़ करने में कठिनाई महसूस होती है। वह चाह कर भी दूसरों की तारीफ़ करने में अपने को असमर्थ पाते हैं। इसके विपरीत वे दूसरों की निन्दा करने में, उन पर उंगली उठाने में, किसी भी कठिनाई का अनुभव नहीं करते। वे बड़ी आसानी से दूसरे के कामों में मीन-मेख निकालते रहते हैं। इसका मूल कारण क्या है?

वे शायद ऐसा सोचकर अपने को आश्वस्त कर लेते हैं कि उनके खुद के काम करने का मापदंड इतना ऊंचा है कि उन्हें दूसरों के काम करने का स्तर काफ़ी नीचा और निन्दनीय प्रतीत होता है। लेकिन सच्ची बात का इसके विपरीत होने की संभावना कहीं अधिक है। शायद वे खुद की और अपने काम की स्वयं सराहना नहीं कर पाते। वे अपने आपको अपनी ही नज़र में नीचा और अयोग्य समझते हैं, जिसके कारण उनको दूसरों की निन्दा करने में कुछ संतोष एवं आराम महसूस होता है कि केवल हम स्वयं

ही अयोग्य नहीं हैं–कई दूसरे भी उतने ही अयोग्य हैं। दूसरों को अयोग्य साबित करके वे यह समझ बैठते हैं कि उनका काम दूसरों के मुकाबले ज़्यादा अच्छा और प्रशंसनीय है, जबकि सच्चाई इसके ठीक विपरीत भी हो सकती है। जब वह अपने जूनियर की ग़लती पकड़ता है और उसे डांटता है, तब उसे अपने जूनियर पर खेद नहीं होता। बल्कि वह इस बात से ख़ुश होता है कि उसने अपने जूनियर की ग़लती पकड़ ली। ऐसे मौक़ों पर वह अपने को अपने जूनियर से बेहतर समझने लगता है। क्योंकि उसे अपने जूनियर की ग़लती पकड़ने में काफ़ी राहत और आराम महसूस होता है, इसलिए वह अपने जूनियर की छोटी-से-छोटी ग़लतियां पकड़ने की ताक में लगा होता है, ताकि वह उसे डांट सके और अपने को उससे ऊंचा और योग्य साबित कर सके। साथ-ही-साथ वह अपने जूनियर के अच्छे कामों की अनदेखी कर जाता है, और उनके अच्छे कामों की तारीफ़ करने से कतराता है। ऐसी स्थिति में उसके जूनियर पर प्रतिकूल प्रभाव पड़े बिना नहीं रह सकता और उनका अपने काम में कम मन लगने लगता है, जिससे संस्था की उत्पादकता घटती है और उसकी आय पर भी प्रतिकूल प्रभाव पड़ता है।

मुझे पूर्ण विश्वास है कि ऐसे अधिकारी जो सिर्फ अपने जूनियर की निंदा ही करते रहते हैं और कभी भी उनकी प्रशंसा नहीं करते, वे इस बीमारी के शिकार हो चुके हैं और उन्हें जल्द ही अपनी इस बीमारी का इलाज तलाश लेना चाहिए और इससे जल्द-से-जल्द छुटकारा पाने का हरदम प्रयास करना चाहिए।

ऐसा देखा गया है कि जो लोग योग्य होते हैं, आत्मविश्वास से भरे होते हैं और स्वयं ही मन-ही-मन अपने काम की प्रशंसा करते हैं, वे दूसरों की प्रशंसा करने में भी नहीं थकते। इसके विपरीत, ऐसे व्यक्ति, जिनमें आत्मविश्वास की कमी होती है और जो व्यक्ति अपनी ही नज़र में नीचे गिरे होते हैं, वे दूसरों की तारीफ़ करने में असमर्थ रहते हैं। वे समझते हैं कि दूसरों की तारीफ़ करने से वे अपनी खुद की नज़र में और नीचे गिर जाएंगे, और जब वे उनकी निन्दा करते हैं या फटकार लगाते हैं, तो अपने को अपने जूनियर से अच्छा और श्रेष्ठ समझने लगते हैं।

ऐसे अधिकारी अपने को ऐसी दयनीय अवस्था में इसलिए पाते हैं कि

योग्य होकर भी वे अपने को ग़लती से अयोग्य समझ बैठे होते हैं। उनका आत्मसम्मान का भाव अनावश्यक तौर पर गिरा होता है। उन्हें अपने आत्मसम्मान एवं आत्मविश्वास को सही तौर पर ऊंचा उठाने में और उसे गिरने न देने के लिए सही उपचार करना चाहिए, ताकि वे अपनी खुद की बनाई बीमारी से जल्द-से-जल्द मुक्ति पा सकें।

ऐसे व्यक्तियों में भी कई खूबियां भरी होती हैं। ज़रूरत इस बात की है कि वे अपने अंदर गुम हुई अपनी सभी खूबियों के सम्पर्क में आएं और अपनी खूबियों पर विश्वास करने लगे और उन्हें अपनाएं। गैलीलियो ने ठीक ही कहा है कि आप किसी को कुछ सिखा-पढ़ा नहीं सकते हैं; बल्कि आप उसे अपने अंदर ही छिपी खूबियों को खोज निकालने में उसकी मदद कर सकते हैं।

जब ऐसा व्यक्ति अपनी खूबियों के सम्पर्क में आ जाएगा, तो वह अपनी खुद की प्रशंसा करने लगेगा-उसका आत्मसम्मान और आत्मविश्वास बढ़ेगा और वह दूसरों की तारीफ़ करने में भी कोई कठिनाई नहीं महसूस करेगा।

हर व्यक्ति का अपना अलग व्यक्तित्व होता है। उसमें कई अच्छाइयों के साथ-साथ कुछ बुराइयां भी अवश्य होती हैं। अधिकतर बच्चे मानसिक रूप से सामान्य और स्वस्थ ही पैदा होते हैं। लेकिन कुछ मां-बाप अपने बच्चे को आदर्श व्यक्ति बनाने की चिंता में उसे उसकी छोटी-से-छोटी ग़लतियों के लिए भी खूब डांट-फटकार लगाते हैं और मारते-पीटते भी हैं। इससे बच्चा अपने को ख़राब, अयोग्य और अप्रशंसनीय समझने लगता है। वह मन-ही-मन स्वयं अपनी ही नज़र में धीरे-धीरे गिरने लगता है, उसके दिल में अपने प्रति हीन भावना घर करने लगती है। वह अपने को दूसरों के मुकाबले नीचा और अयोग्य समझने लगता है, इसलिए वह दूसरों को भी नीचा दिखाने की ताक में लगा रहता है और उनकी प्रशंसा नहीं कर पाता। उसे अपने जीवन के इस क्रम से छुटकारा पाने का अथक प्रयास करते रहना चाहिए। उसे अपने अंदर-ही-अंदर यह संदेश पहुंचाना चाहिए कि वह अयोग्य नहीं है। उसमें कई प्रतिभाएं एवं योग्यताएं हैं। उसे अपनी कुछ योग्यताओं को समझना परखना चाहिए और उसे आत्मसात् कर लेना चाहिए–अपनी उन योग्यताओं पर निस्संदेह भरोसा करना चाहिए। धीरे-धीरे वह अपने को कई क्षेत्रों में

योग्य और प्रशंसनीय समझने लगेगा और फिर उसे दूसरों की अच्छाइयां भी दिखने लगेंगी, और फिर वह दूसरों की भी तारीफ़ करने लगेगा, क्योंकि उसका स्वयं का विश्वास अपने बारे में अच्छा हो चुका होता है। वह अपने जूनियर की ग़लती पर उसे फटकारेगा ज़रूर, लेकिन उसे हीन भाव से नहीं देखेगा। वह उसे इसलिए डांटेगा कि वह ऐसी ग़लती फिर न करे और मन लगाकर सही काम करता रहे।

जब आप स्वयं को योग्य और अच्छा समझने लगते हैं, तब आपका स्वाभिमान और आत्म-सम्मान बढ़ता जाता है और आपके कामों में आपकी योग्यता झलकने लगती है, और आपका अपने कामों में अधिक मन लगने लगता है और आपके कामों में और भी अन्य अच्छाइयां स्वयं आने लगती हैं–दीखने लगती हैं। तब आप अपने जूनियर की भी तारीफ़ करेंगे और उन्हें भी अच्छा लगेगा। वे भी मन लगाकर मेहनत से काम करेंगे और उनकी उत्पादकता में और भी वृद्धि आएगी। इस प्रकार आपकी अपनी उत्पादकता भी बढ़ेगी और आपको अच्छा लगेगा।

इसलिए आपको अपनी झूठी और मनगढंत अयोग्यता को जड़ से उखाड़ फेंकना चाहिए और अपने को योग्य और प्रशंसनीय समझना शुरू कर देना चाहिए। इससे आपका अपना जीवन भी अच्छाई की तरफ़ बढ़ जाएगा और आप ख़ुश रहेंगे।

काम की बातें (Action Points)

☞ यदि आपको दूसरों की तारीफ़ करने में कठिनाई महसूस होती है और आप अपने जूनियर की छोटी-से-छोटी ग़लती भी पकड़ने की ताक में रहते हैं, ताकि आप उसे डांट सकें, तो इसका कारण संभवतः यह हो सकता है कि आप स्वयं अपने प्रति हीन भावना से ग्रस्त हैं–आप स्वयं को अयोग्य और नाकारा समझते हैं, आप में आत्मविश्वास की कमी है, और आप स्वयं को भी प्यार नहीं करते हैं। आप अपने काम और योग्यता से स्वयं संतुष्ट नहीं हैं और आप खुद को भी अंदर ही अंदर प्यार नहीं करते हैं।

☞ हमें समझ लेना चाहिए कि हर व्यक्ति में कुछ अच्छाइयां होती हैं और साथ ही कुछ बुराइयां भी होती हैं। इसलिए आप में भी कुछ अच्छाइयां भी हैं और कुछ बुराइयां भी। आप अपनी बुराइयों को धीरे-धीरे सुधारने की कोशिश करें, और इससे भी ज़्यादा महत्वपूर्ण यह है कि आप अपनी अच्छाइयों को जाने-समझें और समझने लगें कि आप भी योग्य और सक्षम हैं–जो कि आप सचमुच में हैं भी। इस तरह आप अपनी अच्छाइयों के सम्पर्क में आ जाएंगे, उन्हें पहचानने लगेंगे और अच्छा महसूस करेंगे। इससे आपका आत्मविश्वास बढ़ेगा और आप अपने को पुनः योग्य समझने लगेंगे और बेहतर तरीक़े से काम करने लगेंगे, आपको दूसरों में भी अच्छाइयां नज़र आने लगेंगी और आप उनकी तारीफ़ भी कर सकेंगे। धीरे-धीरे आपको अपनी अच्छाइयों पर पूर्ण विश्वास होने लगेगा और अपने काम में भी रुचि आएगी। आप अपने को भी प्यार और सम्मानजनक नज़रिए से देखने लगेंगे।

☞ जब हम दूसरों की और अपने जूनियर की तारीफ़ करने लगेंगे, तो उन्हें अच्छा लगेगा, और उन्हें आप भी अच्छे लगने लगेंगे। आपके जूनियर उत्साहित होंगे और कठिन मेहनत से काम करेंगे। इससे आपका अपना काम भी सुचारु रूप से चल निकलेगा और आपको सफलता मिलेगी। इस तरह आपका मनोबल और आत्मविश्वास बढ़ेगा और आप खुद को भी ज़्यादा पसंद करने लगेंगे।

अध्याय **4**

अपने समय का प्रबन्धन करें

- अपने समय का सदुपयोग करें
- काग़ज़ी कार्रवाइयों को कम करें
- टेलीफ़ोन अपने समय को बचाने का एक बहुमूल्य साधन है
- अपने भाषण सत्र में अपने समय का सही प्रबंधन करें

अपने समय का सदुपयोग करें

काल करे सो आज कर, आज करे सो अब।
पल में परलय होयगो, बहुरि करोगे कब।।

– *कबीरदास*

समय धन है। समय मूल्यवान है। समय और ज्वार-भाटा किसी का इंतज़ार नहीं करते। समय अपनी गति से निरंतर चलता रहता है। आप अपने समय का सदुपयोग करें या दुरुपयोग करें, यह आप पर निर्भर करता है, क्योंकि जो वक़्त गुज़र जाता है, वह फिर वापस नहीं आता। समय की एक ख़ास विशेषता यह है कि वह अमीर-गरीब, राजा-रंक, सभी को एक ही मात्रा में उपलब्ध होता है। लेकिन आपका समय आपका अपना है। आप इसे सदुपयोग द्वारा बढ़ा सकते हैं और इसको दुरुपयोग द्वारा घटा भी सकते हैं।

समय के दुरुपयोग के कुछ लक्षण निम्नलिखित हैं :

1. क्या आप अपने दफ़्तर में देर तक बैठते हैं?
2. क्या आप अधिकतर अवकाश के दिन भी दफ़्तर जाते हैं?
3. क्या आप समझते हैं कि सारे महत्वपूर्ण कार्य आपको स्वयं ही करने चाहिए?
4. क्या आप अपना बचा-खुचा काम घर ले जाते हैं?
5. क्या आप अपने घर बिल्कुल थके-मांदे पहुंचते हैं?
6. क्या आप समझते हैं कि आपने कोई महत्वपूर्ण कार्य नहीं किया है?
7. क्या आप सोचते हैं कि आप कुछ और अच्छा कर सकते थे?
8. क्या आप अपने निर्णय को अक्सर टालते रहते हैं?
9. क्या आप जल्दबाजी में निर्णय लेते हैं?

10. क्या आप सोचते हैं कि आप पूर्णतया योग्य नहीं हैं?

यदि उपरोक्त प्रश्नों में से किसी एक प्रश्न का भी आपका उत्तर 'हां' में है, तब शायद आप कहीं-न-कहीं अपने समय का सही सदुपयोग एवं प्रबंधन करने में कोई भूल कर रहे हैं। इसे आपको जल्द-से-जल्द सुधार लेना चाहिए।

हमारे समय के कुछ 'ऊंची चोटी के चोर' भी होते हैं। हम अपने समय के 'ऊंची चोटी के चोर' को दो प्रमुख श्रेणियों में बांट सकते हैं :

1. बाहरी (यानी जो हमारे समय की चोरी बाहरी लोग करते हैं, आप नहीं)
2. अंदरूनी (यानि जब हम अपने समय की चोरी स्वयं ही करते हैं)। और हमारा अंदरूनी चोर हमारे बाहर के चोरों से संख्या में भी ज़्यादा है। एक बात और। हम अपने बाहरी चोर को आसानी से रोक सकते हैं, लेकिन अपने अंदरूनी चोर को रोकना एक टेढ़ी खीर है, क्योंकि इसमें स्वयं का प्रबंधन निहित है, जो ज़रा मुश्किल है।

बाहरी चोर जो हमारा समय चुरा लेते हैं :

1. टेलीफ़ोन, जिससे हमारे काम में रुकावट आती है

   आप मुख्य टेलीफ़ोन अपने सेक्रेट्री के पास रहने दें और उसे यह निर्देश दें कि पहले वह टेलीफ़ोन पर बात सुने और वही टेलीफ़ोन आपके टेलीफ़ोन पर स्थान्तरित करे, जो आपके ख़ास मतलब का है। जब आप कोई महत्वपूर्ण कार्य करते होते हैं और आप कोई भी टेलीफ़ोन सुनना नहीं चाहते हैं, जिससे आपकी एकाग्रता में रुकावट आए, तब आप अपने सेक्रेट्री को यह निर्देश दें कि वह कोई भी टेलीफ़ोन आपके पास न भेजे। वह उस व्यक्ति का संदेश लिख ले और उसका टेलीफ़ोन नम्बर ले ले और उसे संदेश दे कि वह एक घंटे बाद आपको टेलीफ़ोन करे। आप यदि उचित और आवश्यक समझें तो अपना महत्वपूर्ण कार्य पूरा करने के बाद उस व्यक्ति को वापस टेलीफ़ोन कर सकते हैं। आप ऐसे संदेश रेकार्ड करने के लिए रेकार्डिंग मशीन का भी प्रयोग कर सकते हैं।

2. अनचाहे व्यक्ति का आपके दफ़्तर में आना

   कभी-कभी आप देखेंगे कि कोई अनचाहा व्यक्ति भी आपके दफ़्तर में आ धमकता है। अक्सर होता यह है कि जब आप अपने कमरे के दरवाजे की ओर मुंह करके बैठे होते हैं और उधर से कोई जाना-पहचाना व्यक्ति गुज़रता है, तो आपको देखकर अनायास ही आपसे दो मिनट मिलने अवश्य आ जाता है, क्योंकि वह समझता है कि आपने उसे देख लिया है और यदि वह आपसे दो मिनट बात करने के लिए नहीं आता है, तब आप समझ बैठेंगे कि उसने आपकी जान-बूझकर अनदेखी की। इधर आपने उसे देखा भी नहीं था और उसके अचानक आ धमकने से आपके अपने काम में अनावश्यक रुकावट आ गई। इसलिए बेहतर यही होगा कि आप अपने कमरे में अपने दरवाजे के ठीक सामने न बैठें। यदि आपको अपनी जगह बदलने में परेशानी होती हो, तब आपको चाहिए कि आप अपने दरवाजे पर एक पर्दा डाल दें। इससे आपको ऐसी मुसीबतों से राहत मिल सकेगी।

3. किसी चित्र या चार्ट द्वारा ध्यान भंग होना

   यदि आपके सामने लगा कोई चित्र या चार्ट आपका ध्यान भंग करता है, तो उसे उस जगह से हटा दें। इससे आपका काम करते समय ध्यान भंग नहीं होगा और समय बचेगा।

4. जोरदार आवाज़

   यदि आपका कूलर या पंखा तेज़ आवाज़ करता है, जिससे आपके काम करने में रुकावट आती है, तो अच्छा होगा कि आप उसकी जल्दी ही मरम्मत करा लें या उसे बदल ही दें।

अंदरूनी चोर, यानि जब आप अपना खुद का समय स्वयं ही चुराते हैं :

1. यदि आप अपने काम को सुसज्जित तरीक़े से नहीं करते और अक्सर महत्वपूर्ण कार्यो की अनदेखी कर जाते हैं और जरूरत आने पर उसे जल्दबाज़ी में निबटाने का प्रयास करते हैं, तो यह आपकी

भूल है। आपको चाहिए कि आप अपने काम के महत्व और उसे जल्दी निबटाने की आवश्यकता को समझें एवं अपने कामों को उनकी महत्ता के अनुसार ही निबटाएं। इससे आपको जल्दबाज़ी में कोई महत्वपूर्ण निर्णय नहीं लेना पड़ेगा। आपको समझना चाहिए कि आप अपने काम की योजना बनाकर ज़्यादा-से-ज्यादा काम उनके महत्व के अनुसार निबटा सकते हैं। इससे आप कम-से-कम समय में ज़्यादा-से-ज्यादा काम कर पाएंगे और आकस्मिक आई परेशानी से भी बच पाएंगे।

2. यदि आप बेवजह की फ़ज़ूल काग़ज़ी कार्यवाही में विश्वास करते हैं, तो इससे आपका समय अनावश्यक रूप से नष्ट होता है। इसलिए आपको कागजी कार्यवाही कम-से-कम करनी चाहिए। आप अपने टेलीफ़ोन का इस्तेमाल कर सकते हैं और छोटा पत्र लिखने की आदत डाल सकते हैं। आप अपने सहयोगी से मिलकर भी समस्याएं सुलझा सकते हैं, न कि पत्र व्यवहार द्वारा ही। यदि आपकी संस्था में काग़ज़ी कार्रवाई पर ही जोर दिया जाता है, तब आपकी संस्था को यह चलन बदलना चाहिए।
3. यदि आप किसी पत्र या रिपोर्ट को धीरे-धीरे पढ़ते हैं, तो इसमें आपका काफ़ी बहुमूल्य समय नष्ट होता है। आपको तेज़ पढ़ने की आदत डालनी चाहिए और स्पेलिंग पर ज़्यादा ध्यान नहीं देना चाहिए।
4. यदि आप कोई महत्वपूर्ण कार्य कर रहे हों, जिसे एकाग्रचित्त से करने की ज़रूरत हो, तब आप ऐसे समय में किसी को अपने कमरे में आने की अनुमति न दें। अपने कमरे का दरवाज़ा बन्द रखें। ऐसा आप ऐसे समय में करें, जब लोगों का आपके पास ज़रूरी काम से आने का सिलसिला कम रहता हो।
5. आपको अपना निर्णय लेने में अनावश्यक तौर पर देरी नहीं करनी चाहिए। लेकिन इसका मतलब यह नहीं है कि अपना निर्णय लेने में अनावश्यक जल्दबाजी से काम लें और ग़लत निर्णय ले बैठें। आपको सोच-समझकर निर्णय लेना चाहिए, लेकिन साथ-ही-साथ

अपना निर्णय लेने में अनावश्यक तौर पर देरी भी नहीं करनी चाहिए, क्योंकि सही निर्णय भी बहुत देर से लेने की वजह से ग़लत साबित हो सकता है। ली आइआकोका ने सच ही कहा है कि व्यापार में निर्णय शीघ्र लेना चाहिए। व्यापार में निर्णय लेना एक उड़ते पक्षी को गोली से मारने जैसा है–या तो आप सही समय पर गोली चला दें, या फिर हाथ मलने को तैयार रहें, अर्थात् वह पक्षी उड़ जाएगा और उसके साथ-साथ व्यापार में निर्णय का सुअवसर भी खो बैठेंगे। हम सभी जानते हैं कि किसी प्रोजेक्ट के पूरा होने में अनावश्यक देरी हो जाने से उसकी लागत कई गुना बढ़ जाती है। इसलिए आपको ठान लेना चाहिए कि आप किसी भी काग़ज़ या मसले पर सोच-समझकर सही निर्णय ले लें और फिर काग़ज़ और मसले को दोबारा न छुएं या देखें।

6. हमारा किसी महत्वपूर्ण मसले को बेवजह अधिक समय तक टालते रहना अच्छी आदत नहीं है। इससे आपके समय की अनावश्यक तौर पर बर्बादी ही होती है। इसलिए आपको अपनी इस बुरी आदत को तुरंत त्याग देना चाहिए। इससे आपका समय काफ़ी हद तक बचेगा। आपको सोचना चाहिए कि यदि आप किसी गम्भीर समस्या पर टाल-मटोल करते जाएंगे, इससे उस समस्या की गम्भीरता में कोई अंतर आने वाला नहीं है। वह गहन समस्या समय बीतने पर आसान नहीं हो जाएगी।
7. आप अपनी मेज़ पर काग़ज़-पत्तर बिखरी हालत में इधर-उधर न रखें। आप उन्हें अपने तरीक़े से संभाल कर रखें, ताकि जब आपको किसी भी काग़ज़ की ज़रूरत आन पड़े, आप उसे आसानी से ढूंढ पाएं। वरना आप खोए हुए ग़लत जगह रखे काग़ज़ को ढूंढने में खुद भी खो जाएंगे और आपका बहुमूल्य समय बेवजह नष्ट होगा।
8. हमें अपने काम को संयोजित एवं सुव्यवस्थित तरीक़े से करने की आदत डाल लेनी चाहिए। इस प्रकार आप अधिक-से-अधिक काम कम-से-कम समय में निबटा पाएंगे।
9. यदि आपके पास आपका कोई काम आधा-अधूरा पड़ा है, इसका

मतलब यह है कि आप अपना एक काम पुरा करने के पहले ही कोई दूसरा काम हाथ में ले लेते हैं और आपका पहला काम कई दिनों तक आधा-अधूरा ही पड़ा रह जाता है। आपको आदत डाल लेनी चाहिए कि आप तब तक दूसरे काम को हाथ नहीं लगाएंगे, जब तब आपका पहला काम पूरा नहीं हो जाता, और आपको एक बार में एक ही काम को हाथ में लेना चाहिए और उसे पूरा करने के बाद ही दम लेना चाहिए, और दूसरे काम को हाथ लगाना चाहिए।

10. हमें अपने काम को उसकी वरीयता और महत्व के अनुसार करना चाहिए। हमें अपने मुख्य कार्य पर ज़्यादा ध्यान देना चाहिए और सामान्य कामों को अपने जूनियर को सौंप देना चाहिए।
11. आपको अपने कामों में उनकी वरीयता और महत्व के अनुसार ही समय देना चाहिए–न ज़्यादा, न कम। समय धन है और जिस प्रकार हम बहुमूल्य चीज़ों की खरीद में ज़्यादा धन लगाते हैं और अन्य चीज़ों में कम। उसी प्रकार हमें अपने प्रमुख कार्यों में ज़्यादा समय लगाना चाहिए और अन्य कामों में (कम ज़रूरी और सामान्य कामों में) उतना ही समय लगाना चाहिए, जितना उस काम के लिए पर्याप्त हो। इस प्रकार आप इस तरह से बचाया हुआ समय दूसरे ज़रूरी कामों में लगा सकते हैं।
12. आपको सारे काम खुद ही नहीं करना चाहिए। हमें सामान्य काम, और कुछ महत्वपूर्ण काम भी, अपने जूनियर को सौंप देना चाहिए। ऐसा करने में आपको कोई हिचक नहीं होनी चाहिए। इस तरह आप ज़्यादा-से-ज़्यादा काम कर सकेंगे और करवा भी सकेंगे।
13. जहां आपको 'ना' कहने की ज़रूरत है, वहां वेवजह 'हां' न कहें। यदि आपकी धारणा है कि पहली बार में ही 'ना' कहने से अगला आदमी अप्रसन्न या असंतुष्ट हो जाएगा और आप उसे 'हां' कहकर टालते रहें और बाद में 'ना' कहें-ऐसी हालत में आप उसी में उलझे रह जाएंगे और आपके बहुमूल्य समय का अनावश्यक तौर पर दुरुपयोग होगा। इसलिए आप किसी व्यक्ति का काम कर सकने में

समर्थ हैं, तभी उसे 'हां' कहें, वरना पहली ही बार में 'ना' कहकर अपनी असमर्थता बता दें। इससे आपका मसला जल्दी सुलझेगा और आप उसी एक मसले में फंसे नहीं रहेंगे।

14. यदि आप कोई सभा बुलाएं, तो उस सभा में चर्चित होने वाले मुद्दों को सुनिश्चित कर लें। इस तरह आप सभी मुद्दों पर विचार-विमर्श कर सकेंगे और कोई भी महत्वपूर्ण मुद्दा छूटेगा भी नहीं। आप सभा में चर्चित होने वाले सारे मुद्दों को सभा में सम्मिलित होने वाले सभी सदस्यों को पहले से ही भेज दें, ताकि वे उन पर पहले से ही गौर कर लें और सभा में सक्रिय रूप से भाग ले सकें और अपना यथोचित् योगदान दे सकें और अपने विचार एवं सुझाव रख सकें।
15. यदि आप अपने स्नानगृह में अधिक समय व्यतीत करते हैं, तो इसे धीरे-धीरे कम करने की कोशिश करें। इससे आपके समय की अधिक बचत होगी। इसके अलावा आपको गप-शप या अपने अधिकारी या संस्था की बुराई करने में भी समय नहीं गंवाना चाहिए। इस तरह आप अपना अधिक समय अपने सही और महत्वपूर्ण कार्यों में लगा पाएंगे और अपने सभी कामों को समय पर पूरा करने के बाद संतोष अनुभव करेंगे।

हम अपने समय के 'चोरों' से कैसे बचें?

1. आप अपने टेलीफ़ोन का अधिक-से-अधिक और कारगर तरीक़े से इस्तेमाल करें और अपने जूनियर को भी टेलीफ़ोन का अधिक प्रयोग करने के लिए प्रोत्साहित करें। आप यदि अपने जूनियर को अपने कमरे में बुलाएंगे, तो उसे अपना ज़रूरी काम छोड़कर आना पड़ेगा और आने के बाद उसे कुछ देर तक इंतजार करना पड़ेगा। इससे उसका समय व्यर्थ में नष्ट होगा। आपको समझना चाहिए कि आपकी संस्था के लिए ऊंचे पद से नीचे पद तक सभी का समय महत्वपूर्ण है। जब उस संस्था के सभी कर्मचारी अपने समय का सदुपयोग कर अपना समय बचाकर अपनी उत्पादकता बढ़ाएंगे, तो इससे पूरी संस्था की उत्पादकता बढ़ेगी और उसकी आमदनी भी।

इसलिए आपको अपने जूनियर से टेलीफ़ोन पर बात करके छोटी-मोटी समस्या पर विचार-विमर्श कर लेना चाहिए। साथ ही आपको उन्हें भी उत्साहित करना चाहिए कि वह भी स्वयं उसके कमरे में आकर अपना बहुमूल्य समय बर्बाद करने की बजाय आप से टेलीफ़ोन से ही बात कर लें, यदि उसका स्वयं का आना ज़रूरी न हो और इसमें कोई हर्ज भी नहीं है। एक बात और। आपको टेलीफ़ोन पर छोटी और सटीक बात करनी चाहिए। आपको बात करने से पहले यह लिख लेना चाहिए कि आपको किन-किन मद्दों पर बात करनी है। इससे आपका समय भी बचेगा और एक ही बार में सारी बातें हो जाएंगी। इस प्रकार आपके ट्रंक कॉल बिल में भी काफ़ी बचत होगी।

2. जब आप किसी से अहम् एवं महत्वपूर्ण मसले पर विचार-विमर्श करना चाहते हैं, तो सारी बातें लिख लेनी चाहिए, ताकि सभी समस्याओं का समाधान एक बार में ही मिल सके और कोई बात या महत्वपूर्ण पहलू छूट न जाए। इससे आपके समय की भी भरपूर बचत होगी।
3. आप अपने समय को बढ़ा भी सकते हैं। यदि आप सात बजे सवेरे उठते हैं, तब आप सवेरे छः बजे उठने का धीरे-धीरे प्रयास करें। एक हफ्ते तक पौने सात बजे उठें, दूसरे हफ्ते साढे छः बजे. तीसरे हफ्ते सवा छः बजे और चौथे हफ्ते छः बजे सवेरे। इससे आपको अपना कार्य करने के लिए एक घंटे का अधिक समय मिलेगा और क्रमशः जल्दी उठने की वजह से आपको नींद की परेशानी भी नहीं होगी। यदि आपको कहीं बाहर सात बजे सवेरे जाना हो, तो आप छः बजे उठने की बजाए पांच या साढ़े पांच बजे उठें, ताकि आपको तैयार होने में समुचित समय मिल सके और आपके परिवार को भी हड़बड़ाहट या परेशानी का सामना न करना पड़े। आपको जो कपड़े पहनने हैं या जो-जो काग़ज़ात ले जाने हैं, उसे रात में ही संभाल कर रख लें, ताकि अगले दिन कोई परेशानी न हो। याद रखें कि एक सप्ताह 168 घंटों के बराबर होता है। यह महत्वपूर्ण है। इस तरह

आप अपने कार्यों को घंटों या मिनटों के आधार पर विभाजित कर पाएंगे और अपने कामों को समय पर पूरा कर पाएंगे। इससे आपको थोड़ा विश्राम करने का समय भी मिल जाएगा, जिससे आप फिर से काम करने के लिए तरोताजा महसूस करने लगेंगे।

यदि आपको रेलगाड़ी या हवाई जहाज के लिए कुछ देर इंतज़ार करना पड़ जाए, तब आप इस समय का सदुपयोग किसी रिपोर्ट के पढ़ने या कुछ लिखने के लिए या अपनी 'लैपटॉप' पर टाइप करने के लिए भी कर सकते हैं।

यदि आप कुछ दिनों के लिए बाहर कहीं दूर जाने वाले हों या कुछ दिनों के लिए छुट्टी पर जाने वाले हों, तो आपको चाहिए कि आप अपने जूनियर अधिकारियों को यह समझा जाएं कि उन्हें कौन-कौन से महत्वपूर्ण कार्य उनके वापस आने तक पूरा करके रखना है।

4. कई काम ऐसे हैं, जो आप भी करते हैं और दूसरे भी, जैसे कार्यालय जाना। आप भी इस काम को करें, लेकिन ऐसे तरीक़े से करें जिस तरीक़े से कई दूसरे नहीं करते। जैसे, यदि दफ़्तर शुरू होने का समय दस बजे है और अक्सर लोग साढ़े नौ बजे दफ़्तर के लिए रवाना होते हैं, तब आप साढ़े नौ की बजाए नौ बजे ही घर से निकल लें। इससे आपको रास्ते में गाड़ियों की भीड़ नहीं मिलेगी और आप सुगमता से, बिना किसी परेशानी के, और कम समय में, जल्दी ही दफ़्तर पहुंच जाएंगे और आप अपनी दफ़्तर की दिनचर्या सुनियोजित तौर पर शुरू कर पाएंगे। इस प्रकार आपके जूनियर भी समय से या समय से कुछ पहले ही, अपने काम में लग जाएंगे।

समय का सही प्रबंधन करने के विभिन्न चरण :

1. इस संबंध में सबसे पहली और सबसे महत्वपूर्ण बात तो यह है कि आप दृढ़ संकल्प करें, अपना पक्का मन बना लें, कि आज से और अभी से आप अपने समय का पहले से बेहतर प्रबंधन करेंगे और समय का सदुपयोग करते रहेंगे।

2. दूसरी बात यह है कि आप अपने दिन भर में किए गए काम को एक काग़ज़ पर लिख लें और सही तौर पर यह भी लिख लें कि किन-किन कामों में आपने कितना-कितना समय लगाया, और यह जानने-परखने की कोशिश करें कि किन-किन कम महत्वपूर्ण कार्यों में आपने ज़रूरत से कितना अधिक समय लगाया। अपनी उन कमियों को अधिक चिन्हित कर लें और आगे अपनी उन ग़ल्तियों को न दुहराने का अभ्यास करें।
3. तीसरी महत्वपूर्ण बात यह है कि आप अपने आज ही करने योग्य अपने कामों को उनकी वरीयता के क्रम में लिख लें। फिर आप देखें कि उन कामों को करने के लिए किन-किन साधनों की आवश्यकता पड़ेगी और हर काम में कितना समय लगाना उचित रहेगा। साथ-ही-साथ आप अपने समय के प्रधान 'चोरों' से सदा सावधान रहें। आप अपने कामों को वरीयता क्रम से लिखते और उसे करने के लिए यथायोग्य समय देते समय थोड़े अवकाश की भी गुंजाइश रखें, क्योंकि कभी-कभी कोई आकस्मिक काम भी आन पड़ सकता है। इसके अलावा, ऐसा करने से आपको थोडा आराम करने का भी समय मिल सकता है।
4. आप जानते हैं कि सिर्फ एक अच्छी योजना बनाने से काम नहीं चलता। योजना को सही तौर पर कार्यान्वित करना और भी अधिक ज़रूरी है। यही बात समय के सदुपयोग की योजना बनाने पर भी लागू होती है। आप योजनाबद्ध तरीक़े से अपने समय का सदुपयोग करें और हमेशा उसका विश्लेषण करते रहें और यह ढूढने की कोशिश करते रहें कि किन-किन जगहों पर कुछ-न-कुछ कमी रह गई है। आप उन कमियों को समझें और उनसे छुटकारा पाने की कोशिश करें। इस तरह आपकी सभी कमियां धीरे-धीरे दूर हो जाएंगी। ज़रूरत हो तो आप अपने समय की योजना को दोबारा . फिर से सही रूप में बना सकते हैं–अपने अनुभव के आधार पर।

जैक डी. फर्नर ने अपनी पुस्तक 'सक्सेसफुल टाइम मैनेजमेंट' में ठीक ही कहा है कि 'समय के सुप्रबंधन में अपने कामों को करने

के तरीक़े का विश्लेषण करना, अपने काम करने के तरीक़े की योजना बनाना, फिर अपने कामों का विश्लेषण करना और अपने काम करने के तरीक़े की फिर योजना बनाना ज़रूरी है और यह क्रम लगातार चलता रहना चाहिए'। इस तरह यह क्रम आपके काम करने के तरीक़े पर आपका मार्गदर्शन कर सकता है कि आप किस तरह, और अच्छी तरह, अपने कामों को सुनियोजित कर सकते हैं, और कम समय में कितना-कछ अधिक काम कर सकते हैं। यदि यह क्रम चलता रहेगा, तब आप जल्द ही अपने काम का सही और ठीक-ठीक प्रबंधन करने में सही तौर पर सक्षम हो जाएंगे।

इस तरह यदि आप अपने आपको सुसंयोजित कर लेंगे और अपने बाहरी एवं अंदरूनी समय के 'चोरों' से सदा सावधान रहेंगे और अपने काम के करने के तरीक़ों को दिनों-दिन और भी अच्छा करने में संलग्न रहेंगे, तो आप अधिक-से-अधिक काम करने में सक्षम होंगे और अपनी प्रगति और उन्नति के शिखर पर जल्द पहुंचने में सफल होंगे।

काम की बातें (Action Points)

- ☞ हम देख चुके हैं कि हमारे समय के बाहरी 'चोर' संख्या में भी कम हैं और उनसे बचना भी उतना ही आसान है। इसलिए हमें अपने समय के बाहरी चोर से सबसे पहले और जल्द ही निबट लेना चाहिए, ताकि वे आपके बहुमूल्य समय को बेकार में बर्बाद न कर सकें।
- ☞ हम यह भी जान चुके हैं कि हमारे अंदर के (अपने) समय के चोर संख्या में भी काफी अधिक हैं और उनको संभालना भी उतना ही कठिन कार्य है, क्योंकि यह हमारे अपने कार्य करने के अपने खुद के तरीक़े पर निर्भर करता है। इसलिए हमें अपने काम करने के तरीक़े को धीरे-धीरे और अच्छा करने की राह में काफ़ी मेहनत करनी चाहिए और लगन से उसे सुधारते रहना चाहिए।
- ☞ हमें अपने काम करने के तरीक़ों पर कड़ी नज़र रखनी चाहिए, ताकि हम उनकी कमियों को जल्द-से-जल्द पहचान सकें और उनसे छुटकारा पाने का दिल से प्रयास करते रहें।
- ☞ जब आप एक बार अपना पक्का मन बना लेंगे कि आपको अपने समय का सुप्रबंधन निश्चित रूप से करना है और आप दृढ़ संकल्प कर लेंगे कि इस कार्य में आपको सफलता प्राप्त करनी ही है, तब आप जान लें कि आपने इस लड़ाई में आधी विजय उसी समय प्राप्त कर ली है।
- ☞ और आप बची हुई आधी लड़ाई भी अवश्य जीत लेंगे, जब आप अपने कार्य करने के तरीक़े की सुयोजना बनाते रहेंगे, उनका विश्लेषण करते रहेंगे और लगातार पुनः विश्लेषण करते रहेंगे, तो आपके कार्य के तरीक़ों की कमियां धीरे-धीरे स्वयं ही कम होती जाएंगी और आप अपने समय का सुप्रबंधन करने में पक्की तौर पर सक्षम सिद्ध होंगे।
- ☞ हमें याद रखना चाहिए कि अपने काम की योजना बनाना, उसका विश्लेषण करना और फिर दोबारा अपने काम करने की और अच्छी योजना बनाना और उसका दोबारा विश्लेषण करना एक लगातार करते रहने की प्रक्रिया है। ऐसा करने से आप शीघ्र ही अपने समय का सदुपयोग करने में सक्षम और सफल हो सकेंगे।

काग़ज़ी कार्रवाइयों को कम करें

थोड़े में कही बात ज़्यादा विद्वता रखती है।

– सोफोकल्स

समय के सुप्रबंधन का अर्थ होता है कम-से-कम समय में ज़्यादा-से-ज़्यादा काम निबटाना। ऐसा करने के लिए आपको अपने समय के महान चोरों से सावधान और सतर्क रहना चाहिए–और आपके समय के वे महान 'चोर' हैं, बेकार की ज़्यादा-से-ज़्यादा कार्रवाई में समय बर्बाद करना।

काग़ज़ महंगा होता है और व्यर्थ की काग़ज़ी कार्रवाई और भी महंगी साबित होती है, आपके बहुमूल्य समय की व्यर्थ की बरबादी के रूप में। इस प्रकार की अपने समय की बरबादी को शीघ्रातिशीघ्र त्याग देने में ही आपकी भलाई है, क्योंकि इस प्रकार आपकी मेज़ पर बेकार के काग़ज़ों का अम्बार नहीं लग पाएगा, जिसमें आप स्वयं खोकर रह जाएं। आपको अपनी और अपने दूसरे सहयोगियों की भी, व्यर्थ की काग़ज़ी कार्रवाई को कम रखने का निरन्तर प्रयास करते रहना चाहिए।

इस प्रकार आपकी संस्था में कार्यरत सभी लोगों के समय की भरपूर बचत होगी और उनकी उत्पादकता दिनों-दिन बढ़ती जाएगी, और इससे आपकी संस्था का भी भला ही होगा।

ली ग्रोसमैन अपनी पुस्तक 'फैट पेपर' में ठीक ही कहता है कि हम बेकार की ज़्यादा-से-ज्यादा कार्रवाई इसलिए करते हैं कि हम इसके बिना अपने को असुरक्षित पाते हैं कि कहीं हमारा दूसरा सहयोगी अपनी कही बात से मुकर न जाएं और आप स्वयं मुसीबत में पड़ जाएं। इसलिए ज़रूरी

है कि हम एक-दूसरे पर भरोसा करना सीखें; अपनी कही बातों से कभी भी ना मुकरें। इसलिए वह (ली ग्रोसमैन) अपनी काग़ज़ी कार्रवाई को कम-से-कम रखने की निम्नलिखित सलाह देता है –

1. आपके सहयोगी आपको उपरोक्त डर से निकल पाने के लिए उत्साहित करें। आप उन्हें जल्द-से-जल्द निर्णय लेने के लिए प्रेरित करें, ताकि वे निरर्थक कागजी कार्रवाइयों की आड़ में अपने निर्णय को टालने की बुरी आदत से बचें। उन्हें ग़लती करने के डर से वंचित रखें, ताकि वे जल्द निर्णय ले पाएं और अपनी छोटी-मोटी ग़लतियों से सीख ले सकें और उसे फिर न दोहराएं।
2. अपने सहयोगियों पर विश्वास और भरोसा रखें। आप अपने व्यवहार द्वारा उन्हें यह भी विश्वास दिला दें कि आप उन पर विश्वास और भरोसा रखते हैं और उन्हें बेकार की काग़ज़ी कार्रवाई में उलझे रहने की कोई आवश्यकता नहीं है। आप उन्हें भरोसा दिलाते रहें कि जब भी आप उनकी समस्या का हल उन्हें ज़बानी बताएंगे, तो बाद में उससे मुकरेंगे नहीं।
3. आप आपस में बातचीत करके कई समस्याओं को मिलकर हल कर सकते हैं और बेकार की काग़ज़ी कार्रवाइयों की मेहनत और समय के दुरुपयोग को बचा सकते हैं।
4. आप अपने सहयोगियों को काग़ज़ी कार्रवाइयों को कम करने पर पुरस्कृत भी कर सकते हैं–उनको इस अच्छे काम के लिए शाबाशी दें। अच्छा यह होगा कि आप उनको सभी सहयोगियों के सामने शाबाशी दें। इससे उसे अच्छा लगेगा और आपके दूसरे सहयोगी भी अपनी काग़ज़ी कार्रवाई को कम रखने के लिए उत्साहित होंगे।
5. आप सामान्य कार्यों के लिए (जैसे बाहर किसी काम से जाने की अनुमति लेना या छुट्टी लेने की अर्जी देना, इत्यादि), हर बार नए सिरे से पत्र लिखने की बजाय एक समुचित प्रोफॉर्मा (Proforma) विकसित कर सकते हैं, जिसमें सभी मूल जानकारी दी जा सके। इससे सभी के बहुमूल्य समय की बचत होगी और आपके समय की भी।

6. आपको चाहिए कि आप किसी सहयोगी या अन्य लोगों को पत्र लिखने की बजाय फ़ोन से बात करें। आप आजकल ई-मेल से ज़्यादा-से-ज़्यादा और जल्दी पत्र व्यवहार कर सकते हैं। एक लम्बी-चौड़ी विस्तृत रिपोर्ट लिखने के स्थान पर एक समुचित पत्र लिखकर काम चला सकते हैं, और यदि एक रिपोर्ट ही भेजना ज़रूरी हो जाए, तब कोशिश करें कि आपकी रिपोर्ट छोटी और सटीक हो। इससे आपके समय की बचत होगी।
7. आपको केवल अपना ही समय बचा लेने से संतुष्ट नहीं रहना चाहिए। आपको अपने सहयोगियों का भी समय बचाने में उनकी भरसक सहायता करनी चाहिए। आपको चाहिए कि आप उन्हें प्रेरित करें कि वे आपके पत्र के ऊपर ही अपनी टिप्पणी लिख कर। वापस कर दें। इससे उनका दूसरी चिट्ठी लिखने का समय बचेगा।
8. आप विभिन्न विषयों के पत्रों के लिए विभिन्न रंग के काग़ज़ों का इस्तेमाल भी कर सकते हैं। इस तरह उन्हें सही फाइल में रखने में भी सहायता मिलेगी।
9. यदि आपको हाथ से चिट्ठी लिखकर टाइपिस्ट को टाइप करने देना हो, तो थोड़ा अधिक समय लगाकर साफ-साफ पढ़ने योग्य शब्दों में ऐसी चिट्ठी लिखें। इससे आपके टाइपिस्ट को आपकी लिखी चिट्ठी टाइप करने में आसानी होगी और उस टाइप की हुई चिट्ठी में अधिक सुधार भी नहीं करना पड़ेगा। इस तरह आपका अपना और आपके टाइपिस्ट दोनों का समय बचेगा।

यदि आपको लम्बा पत्र या रिपोर्ट पढ़नी होती है, तब आप उसे रुक-रुक कर धीरे-धीरे न पढ़ें। तेज़ पढ़ने की आदत डालें। आप अनावश्यक शब्दों को छोड़कर मतलब के शब्दों को पढ़ने की कोशिश करें। आप रैपिड रीडिंग' का कोर्स भी कर सकते हैं।

आप जब अपने जूनियर के कामों पर निगरानी रखते हैं, तो यह उतना महत्वपूर्ण नहीं है कि आप उनके कामों को कितनी बारीकी से देखते हैं। ज़रूरी यह कि आपके जूनियर की समझ में यह आ जाए कि आप उनके कामों को बहुत बारीकी और गौर से देखते हैं। जब आप अपने जूनियर द्वारा

भेजे गए पत्रों की आफ़िस कॉपी देख रहे होते हैं, तब आप कभी किसी विभाग की कुछ आवश्यक चिट्ठियों को ध्यानपूर्वक पढ़ें और उनमें कुछ अशुद्धियां पकड़ लें। दूसरे दिन किसी दूसरे विभाग की चिट्ठियों को ध्यान से पढ़ें और उनमें ग़लतियां निकाल दें। इस तरह सभी विभाग के लोग समझेंगे कि आप प्रतिदिन हर विभाग की चिट्ठियां गौर से और ध्यानपूर्वक पढ़ते हैं।

काम की बातें (Action Points)

- ☞ हमें यह पूर्ण विश्वास हो जाना चाहिए कि बेकार की काग़ज़ीकार्रवाई हमारा अपना और साथ ही हमारे सहयोगियों का बहुत अधिक समय बर्बाद करती है।
- ☞ इसलिए हमें चाहिए कि हम अपनी संस्था में कम-से-कम काग़ज़ी कार्रवाई करें। इसके लिए ज़रूरी है कि हमें आपस में भाईचारा बनाए रखना चाहिए और एक-दूसरे पर पूरा विश्वास होना चाहिए कि वह अपनी कही हुई बातों से किसी भी दशा में मुकरेगा नहीं।
- ☞ हमें अपने सहयोगियों को निरंतर उत्साहित करते रहना चाहिए कि वे इस बात की ताक में रहें कि किस प्रकार अपने दफ़्तर में धीरे-धीरे क्रमशः कागजी कार्रवाई कम-से-कम की जा सके।
- ☞ जब भी हमारा कोई सहयोगी अपने दफ़्तर में काग़ज़ी कार्रवाई में कमी लाने में सहायक हो, तो हमें उसे इनाम देना चाहिए और उसकी पीठ थपथपानी चाहिए।

टेलीफ़ोन अपने समय को बचाने का एक बहुमूल्य साधन है

तितलियां महीनों को नहीं बल्कि क्षणों को गिनती हैं, इसलिए उनके पास अधिक समय होता है।

– रवीन्द्रनाथ टैगोर

सिर्फ़ टेलीफ़ोन रखना और उसका उपयोग ना करना टेलीफ़ोन के नहीं रखने के बराबर है। मैं ऐसा इसलिए कह रहा हूं कि कई दफ़्तरों में आला अफ़सरों के पास टेलीफ़ोन तो छः-सात होते हैं, लेकिन वे उनका उपयोग शायद ही कभी करते हों। ये टेलीफ़ोन शायद उनकी गरिमा बढ़ाने के लिए उनकी मेज़ पर सजे रखे होते हैं।

यदि आपको अपने सहयोगी से किसी एक बात पर कुछ स्पष्टीकरण मांगना है, तब उसे आप अपने कमरे में बुलाने का कष्ट न करें। यह स्पष्टीकरण आप उससे टेलीफ़ोन पर ही मांग लें। इससे आप दोनों के समय की बचत होगी। आप अपने जूनियर को भी उत्साहित करें कि वह खुद आपके कमरे में आने की बजाय आपसे टेलीफ़ोन पर ही बात कर ले। टेलीफ़ोन पर ऐसा दोतरफा सम्पर्क बनाए रखने में आप दोनों का समय बचेगा और आपकी संस्था का भी सम्पूर्ण समय बचेगा, क्योंकि आपकी संस्था का समय उसके सभी कर्मचारियों के समय का योगफल है।

जब आपके टेलीफ़ोन की घंटी बजे, तब आपको हैरान परेशान होकर दौड़ना नहीं चाहिए, क्योंकि ऐसा करने से आपके घुटने या हाथ में चोट भी लग सकती है। यदि आपके टेलीफ़ोन तक पहुंचते-पहुंचते टेलीफ़ोन की घंटी

बन्द भी हो जाए तो कोई हर्ज नहीं है, क्योंकि जिसने आपको टेलीफ़ोन किया है, तो असल में खुद उसका ही कोई महत्वपूर्ण काम होगा। वह आपको कुछ देर बाद फिर टेलीफ़ोन कर सकता है, और आजकल तो मोबाइल पर, और कुछ टेलीफ़ोनों पर भी, उस व्यक्ति का नम्बर आ जाता है, जिसने आपको टेलीफ़ोन किया होता है। आप उसे वापस टेलीफ़ोन कर सकते हैं। .

यदि आप कोई महत्वपूर्ण कार्य कर रहे हों, जिसमें एकाग्रता की ज़रूरत हो, तब आप अपने सचिव (सेक्रेट्री) को यह निर्देश दे सकते हैं कि ऐसे समय वह आपका टेलीफ़ोन आपके पास न भेजे, बल्कि उस व्यक्ति का नाम, टेलीफ़ोन नम्बर और संदेश एक काग़ज़ पर लिख ले और जब आप अपना महत्वपूर्ण कार्य पूरा कर चुके हों; तब वह काग़ज़ आपके पास भेज दे। काग़ज़ पढ़कर यदि आप ज़रूरी समझें तो उस व्यक्ति को वापस टेलीफ़ोन कर सकते हैं।

जब आप अधिक व्यस्त हों तो आपको अपने मोबाइल फोन को स्विच ऑफ या मौन (Silent) दशा में रखना चाहिए। इससे आपको महत्वपूर्ण कार्य करते समय कोई अड़चन नहीं होगी, और आप अपना काम जल्द निबटा भी सकेंगे।..

अच्छा होगा यदि आप दूसरों को टेलीफ़ोन करने के लिए एक ख़ास समय सुनिश्चित कर लें और प्रतिदिन अपने सारे टेलीफ़ोन उसी निर्धारित समय में करें। दफ़्तर के शुरू होने का समय इस काम के लिए ठीक होगा, क्योंकि उस समय हर व्यक्ति अपने आफ़िस में आ चुका होगा और उपलब्ध भी होगा।

किसी व्यक्ति को टेलीफ़ोन करने से पहले आप वो सारी बातें एक काग़ज़ पर लिख लें, जिस संबंध में आपको चर्चा करनी है। इससे आप एक बार में ही अपनी सारी बातें कह-सुन सकेंगे और उस व्यक्ति को दोबारा टेलीफ़ोन नहीं करना पड़ेगा। इससे आपका ट्रंक कॉल बिल भी कम आएगा।

जब आप टेलीफ़ोन पर बात करें, तो अपनी बात को छोटा और सटीक रखें और काम की बातों के अलावा इधर-उधर की बातों में समय बर्बाद न करें। अगर दूसरा व्यक्ति आपको इधर-उधर की फ़िज़ूल बातों में उलझाने की कोशिश करे, तो आपको चाहिए कि आप विनम्र तौर पर उससे कहें,

"अच्छा, मैं आपका और अधिक समय नहीं लेना चाहता, क्योंकि आप अत्यंत व्यस्त होंगे। नमस्कार।"

यदि आप किसी व्यक्ति को टेलीफ़ोन करें और वह व्यक्ति उपलब्ध न हो और आपको उसका इंतजार करने के लिए आग्रह किया जाए, तो आप कुछ देर तक तो टेलीफ़ोन पर उसका इंतज़ार करें, लेकिन बहुत देर तक नहीं। यदि उस व्यक्ति के टेलीफ़ोन पर आने में अधिक विलम्ब हो रहा हो, तब आपको चाहिए कि आप टेलीफ़ोन काट दें और कुछ समय बाद फिर उस व्यक्ति से सम्पर्क करने का प्रयास करें।

यदि आप जिस व्यक्ति को टेलीफ़ोन कर रहे हों और वह व्यक्ति दफ़्तर में नहीं हो, ऐसी हालत में जिस व्यक्ति ने फोन उठाया है, उसे अपना नाम और टेलीफ़ोन या मोबाइल नम्बर बता दें, और यह संदेश भी दे दें कि आपको उससे किस संबंध में बात करनी है, और उस व्यक्ति से आग्रह करें कि जब वह आदमी दफ़्तर में आ जाए, तो उसे आपसे सम्पर्क करने को अवश्य कह दें।

जब आप किसी व्यक्ति से मिलना चाहते हैं, तब पहले आप टेलीफ़ोन पर उस व्यक्ति से मिलने का समय निर्धारित कर लें, ताकि ऐसा न हो कि आप उससे मिलने जाएं और वह दफ़्तर में हो ही नहीं या किसी सभा में या किसी दुसरे महत्वपूर्ण काम में व्यस्त हो और आपसे मिल ही न सके। इस तरह आप अपने समय की बचत कर पाएंगे।

जब आप किसी व्यक्ति से मिलने जाएं तो सभी ज़रूरी काग़ज़ात अपने साथ ले जाएं और जिन विषयों पर चर्चा करनी है, उसे भी एक काग़ज़ पर लिख लें, ताकि कोई बात छूट न जाए या अधूरी न रह जाए। यदि ज़रूरी समझें तो आप अपने उस सहयोगी को भी अपने साथ ले जा सकते हैं, जो उस संबंध में काम कर रहा हो। इससे आपको चर्चा करने में भरपूर सहयोग मिलेगा।

समय धन है, इसलिए आपको टेलीफ़ोन संबंधी मशीन खरीदने में भी कुछ धन लगाना चाहिए, ताकि आपको टेलीफ़ोन करने और सुनने में आसानी हो। इससे आपका बहुमूल्य समय काफ़ी हद तक बच पाएगा, और उस बचे हुए समय को आप अपने अन्य महत्वपूर्ण कार्य को निबटाने में इस्तेमाल कर सकते हैं।

काम की बातें (Action Points)

- ☞ हमें समझ लेना चाहिए कि टेलीफ़ोन समय बचाने का बहुमूल्य साधन है। हमें इसका भरपूर सदुपयोग करना चाहिए।
- ☞ हमें याद रखना चाहिए कि हमारी संस्था का समय उसके प्रत्येक कर्मचारी के समय का योगफल है। इसलिए हमें अपने सभी कर्मचारियों का समय बचाने का प्रयास करना चाहिए।
- ☞ हमें अपने जूनियर से ज़्यादा-से-ज्यादा टेलीफ़ोन पर ही बात कर लेनी चाहिए। उसे अपने केबिन में कम-से-कम बुलाना चाहिए और वह भी तब ही जब उसे स्वयं ही बुलाना ज़रूरी हो।
- ☞ हमें अपने जूनियर को भी हमसे ज़्यादा-से-ज्यादा टेलीफ़ोन पर ही बात करने को उत्साहित करना चाहिए। इससे आप दोनों का समय बचेगा। यदि उसे कोई आवश्यक विषय पर लम्बी चर्चा करनी हो, तभी उसे आपके कमरे में आना चाहिए।
- ☞ इस तरह हम सिर्फ अपना ही नहीं, बल्कि अपने सहयोगियों का भी समय बचा सकते हैं; जिस बचे हुए समय को सभी लोग अपने अन्य महत्वपूर्ण कार्यों में लगा सकते हैं।
- ☞ हमें हमेशा कोशिश करते रहना चाहिए ताकि हम अपने टेलीफ़ोन के और भी अधिक सदुपयोग का नया नया तरीक़ा निकाल सकें।

अपने भाषण सत्र में समय का सही प्रबंधन करें

कोई भी भाषणकर्ता अपने ज्ञान की गहराई की कमी को छिपाने के लिए अधिक बोलता है।

– मौनटेस्क

कई भाषणकर्ता अपने भाषण को ठीक समय पर समाप्त नहीं कर पाते हैं। या तो वे अपने भाषण को समय से पहले ही समाप्त कर लेते हैं या अपने भाषण को समय से अधिक खींच देते हैं। इन दोनों ही स्थितियों में उनको परेशानी का सामना करना पड़ता है और भाषण-सत्र के संचालक को भी परेशानी होती है। जो व्याख्यानकर्ता अपने समय से पहले ही अपना भाषण समाप्त कर लेते हैं, तब उन्हें चाहिए कि अपनी चर्चा के लिए और अधिक सामग्री साथ ले जाएं। इस तरह वह अपने भाषण को समय से पहले समाप्त होने की परेशानी से बच सकते हैं।

इसके विपरीत उन व्याख्यानकर्ताओं को, जो समय पर अपना भाषण समाप्त नहीं कर पाते हैं, चाहिए कि वे अपने चर्चा के विषय को तीन मुख्य श्रेणियों में विभाजित कर लें

1. महत्वपूर्ण विषय जिस पर हर हालत में चर्चा करना अति आवश्यक है, वरना आपकी चर्चा ही अधूरी रह जाएगी।
2. महत्वपूर्ण विषय जिन पर चर्चा करना ज़रूरी तो है, लेकिन इतना नहीं कि समय के अभाव में उन पर पूरी तरह विस्तार से चर्चा की जाए। समय की कमी की वजह से उसे आप संक्षेप में कह सकते हैं।

3. कम महत्वपूर्ण विषय, जैसे कोई उदाहरण देना, इत्यादि, आप संक्षेप में कह सकते हैं और कुछ कम महत्वपूर्ण उदाहरणों या प्रसंगों की काट-छांट भी कर सकते हैं।

यदि आप इन तीनों बातों का हमेशा ध्यान रखेंगे, तो आपको अपना भाषण समय पर समाप्त करने में काफ़ी सहायता मिलेगी। लेकिन आप एक बात का ध्यान रखें कि अपने भाषण के दौरान यह न कहें कि समय के अभाव के कारण कुछ उदाहरण या प्रसंग छोड़ रहे हैं। इस बात का श्रोताओं को अभास भी नहीं लगने देना चाहिए।

मेरी खुद की भी बुरी आदत थी कि मैं समय पर भाषण समाप्त नहीं कर पाता था, और मैं इस ग़लतफ़हमी में था कि श्रोतागण हमारे भाषण से इतना प्रभावित हैं कि उन्हें समय का पता ही नहीं चल पाता और वे सभी एकाग्रचित्त होकर मेरा भाषण सुन रहे हैं। लेकिन एक बार ऐसा हो गया कि मेरा भाषण बिल्कुल ठीक समय पर ही समाप्त हुआ। इस बार हमारे भाषण पर दो बार तालियां बजीं-एक बार हमारे अच्छे भाषण के लिए, और दूसरी बार बिल्कुल ठीक समय पर भाषण समाप्त होने के लिए। मुझे उसी दिन इस बात का पता चला कि अपने भाषण को समय पर समाप्त करना खुद में एक प्रशंसनीय प्रयास है। .

कुछ विशेषज्ञ यह भी सलाह देते हैं कि व्याख्यान देने से पहले आप घर पर ही अपने व्याख्यान का अभ्यास कर लें और देख लें कि आपका भाषण सही समय पर समाप्त होता है या नहीं। इससे यदि आपके व्याख्यान के सही समय पर समाप्त होने में कोई कमी रह जाती है, तब उसे समय रहते ही सुधार सकते हैं।

हमें अपने भाषण को ठीक समय पर समाप्त करने की घबराहट और परेशानी में कभी ऐसा नहीं करना चाहिए कि स्टेज पर पहुंचते ही आप सीधे अपने विषय पर चर्चा शुरू कर दें। आपको थोड़ा समय अपने श्रोतागण से संबंध एवं सम्पर्क स्थापित करने में भी लगाना चाहिए। इस प्रकार आपमें और आपके श्रोतागण में ताल-मेल स्थापित हो जाएगा और आपका भाषण और भी प्रभावशाली और प्रशंसनीय सिद्ध होगा।

मैं एक भाषणकर्ता को जानता हूं, जो काफ़ी योग्य एवं ज्ञानी था। लेकिन उसका भाषण प्रभावशाली नहीं हो पाता था। इसका मूल कारण यही था कि वह स्टेज पर पहुंचते ही अपना भाषण शुरू कर देता था और श्रोतागण से सम्पर्क और संबंध बनाने में ज़रा भी समय नहीं देता था। लेकिन जब उसे अपनी इस ग़लती का आभास हुआ तो उसने पहले अपने श्रोतागण से संबंध एवं सम्पर्क बनाने में शुरू के कुछ समय लगाया। ऐसा करने से उसका भाषण भी प्रभावशाली और प्रशंसनीय होने लगा।

काम की बातें (Action Points)

- हमें अपने भाषण को सही समय पर समाप्त करने के महत्व को ॥ समझना चाहिए।..
- हमें कहीं भाषण देते समय अपने साथ अपनी चर्चा के विषय के लिए ज़रूरत से अधिक सामग्री ले जानी चाहिए, ताकि आपका भाषण समय से पहले ही समाप्त न हो जाए और बचे समय को काटने की परेशानी झेलनी पड़ जाए।
- हमें अपने भाषण की चर्चा के विषय को मुख्य तीन श्रेणियों में विभाजित कर देना चाहिए :
  1. अति महत्वपूर्ण विषय
  2. महत्वपूर्ण विषय
  3. कम महत्वपूर्ण विषय

  और इन तीनों विषयों पर समयानुसार चर्चा करनी चाहिए।
- इस तरह हम अपने भाषण को सही समय पर सरलता से और सहजता से समाप्त कर पाएंगे।
- हमें इस बात का भी ध्यान रखना चाहिए कि हम शुरू में अपने भाषण का कुछ समय श्रोतागण से संबंध एवं ताल-मेल बिठाने में लगायें, जिससे हमारा भाषण प्रभावशाली और प्रशंसनीय हो सके।

अध्याय 5 प्रबंधन और रचनात्मकता

- अपनी रचनात्मकता का प्रबंधन करें
- अपने सामानों की बिक्री बढ़ाने में रचनात्मकता
- संस्था की प्रगति के लिए ब्रेन स्टोरमिंग

अपनी रचनात्मकता का प्रबंधन करें

जवान लोग अधिक रचनात्मक होते हैं और बड़े-बूढ़े लोग कम। हमारा अनुभव हमारी रचनात्मकता को बढ़ाने की बजाय और कम कर देता है।

–प्लेटो

प्रबंधन का अर्थ है किसी समस्या के कई हल और उपाय तलाशना और उनमें जो सबसे अच्छा और अनुकूल लगे, उसे समस्या को हल करने में काम में लाना और समस्या को हल करना। कई अधिकारियों के दिमाग में किसी समस्या को हल करने के लिए बहुत कम साधन और समाधान आ पाते हैं, और वे उन्हीं में से किसी एक का उपयोग समस्या के समाधान में करते हैं। इसका मुख्य कारण यह है कि उनकी रचनात्मकता में आयु बढ़ने से कमी आती रहती है। इसलिए हमें उन रुकावटों को हटाने का प्रयास करना चाहिए जिसकी वजह से हमारी सोच में रचनात्मकता की कमी आती है। ऐसा होने के कई कारण और समाधान निम्नलिखित हैं :

1. एक साधारण-सा प्रश्न लीजिए और बताइए कि इस प्रश्न का क्या उत्तर हो सकता है। प्रश्न है कि || से क्या बनता है?

   अधिकतर लोग इस प्रश्न का उत्तर '2' दे देंगे, क्योंकि वे इस प्रश्न को 1 और 1 का योग मान लेते हैं, लेकिन रचनात्मक लोग इस प्रश्न को भिन्न रूप से समझेंगे, यानि एक सीधी रेखा और दूसरी सीधी रेखा के मिलने से क्या बनता है। इस प्रकार इस साधारण प्रश्न के कई उत्तर हो सकते हैं, जैसे :

‖, =, //, \\, X, L, T, ⊥, V, Λ, <, >, ⌉, ⌈, इत्यादि।

2. अब एक दूसरा प्रश्न लें 9 (नौ) बिन्दु एक वर्ग में सजे हैं। जैसा कि चित्र 1 में दिखाया गया है। आपको केवल 4 सीधी रेखाओं से इन सभी 9 बिन्दुओं को इस तरह मिलाना है कि कोई एक बिन्दु भी न छूटे। साथ-ही-साथ आपको यह भी ध्यान रखना है कि आप अपनी क़लम को बिना उठाए, या पीछे ले जाए हुए ही इस प्रश्न को हल करें।

चित्र 1

जब आप ऐसा करने का प्रयास करेंगे तो अक्सर एक बिन्दु छूट ही जाएगा, जैसा कि नीचे दिए गए चित्र 2 से चित्र 5 तक दिखाया गया है।

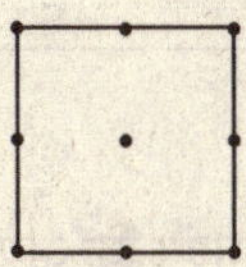

चित्र 2

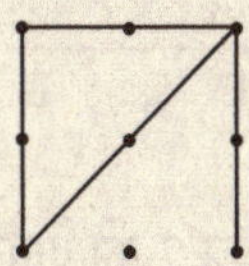

चित्र 3

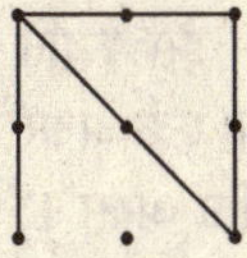

चित्र 4

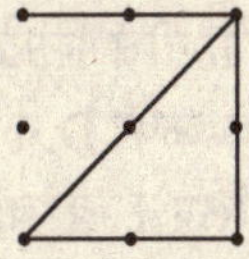

चित्र 5

चित्र 2 से चित्र 5 तक सभी में एक बिन्दु इसलिए छूट जाता है कि हम उस वर्गाकार चित्र से बाहर नहीं निकल पाते हैं, जिसमें 9 बिन्दु दिए गए हैं। इस तरह हमने अपनी ओर से एक बन्धन बांध लिया कि हमें वर्गाकार चित्र से बाहर नहीं निकलना है, जबकि यह शर्त दिए गए प्रश्न में नहीं है। इस प्रश्न का हल आगे चित्र 6 में दिखाया गया है।

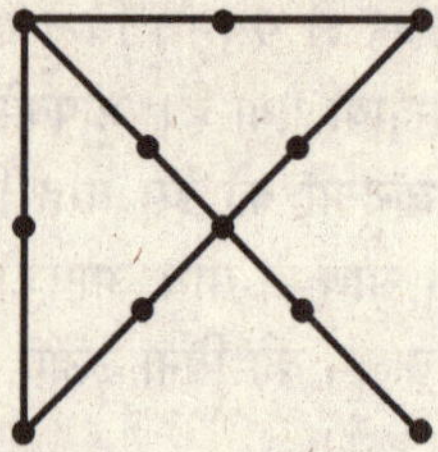

चित्र 6

हमारी अपनी आम ज़िन्दगी में भी कुछ ऐसा ही होता है। हम अपनी समस्याओं को एक तरह से देखने के इतने अभ्यस्त हो चुके होते हैं कि उस समस्या को देखने का दूसरा दृष्टिकोण हमारे दिमाग में आता ही नहीं है। यदि कोई व्यक्ति कोई बिल्कुल नया विचार प्रस्तुत करता है, तब हम उस पर ध्यान ही नहीं देते हैं।

3. एक और उदाहरण लें। आप यह बताएं कि नीचे दिए गए चित्र के आधार पर अंग्रेजी भाषा का अक्षर 'F' रेखा के ऊपर लिखा जाएगा या नीचे लिखा जाएेगा?

A E

B C D

चित्र 7

जब आप चित्र 7 को देखेंगे, तब पाएंगे कि अंग्रेज़ी का पहला अक्षर 'A' रेखा के ऊपर लिखा गया है और उसके बाद के 3 अक्षर 'B CD' रेखा के नीचे लिखे गए हैं। इस पद्धति के अनुसार, क्योंकि दूसरी रेखा के ऊपर D के बाद का एक अक्षर रेखा के ऊपर लिखा गया है, इसलिए E के बाद के तीन अक्षर F G H, रेखा के नीचे लिखे जाने चाहिए। इसलिए अंग्रेजी भाषा का अक्षर 'F' रेखा के नीचे लिखा जाएगा।

चित्र 7 में लिखे गए अक्षरों के लिखने के तरीक़े को आप अन्य दृष्टिकोणों से भी देख सकते हैं। उदाहरण के तौर पर :

(क) सारे स्वर, जैसे A EI O U, लाइन के ऊपर लिखे जाएंगे और सारे व्यंजन लाइन के नीचे। इस प्रकार, 'F' लाइन के नीचे लिखा जाएगा।

(ख) अगर हम दूसरे आधार पर देखेंगे, तो कहेंगे कि सारे अक्षर जो सीधी रेखाओं से बने हैं, जैसे A, और E, वे सभी रेखा के ऊपर लिखे जाएंगे और सभी अक्षर जो गोलाई में लिखे हुए हैं, वे रेखा के नीचे लिखे जाएंगे। इस प्रकार अक्षर 'F', जो सीधी रेखाओं से लिखा गया है, वह रेखा के ऊपर लिखा जाएगा (और 'G' रेखा के नीचे और 'H' रेखा के ऊपर, इत्यादि)।

(ग) हम एक और भी तरीक़ा अपना सकते हैं, जैसे एक अक्षर रेखा के ऊपर और तीन अक्षर रेखा के नीचे, फिर दो अक्षर रेखा के ऊपर और तीन अक्षर रेखा के नीचे, इत्यादि। इस प्रकार अक्षर 'F' रेखा के ऊपर लिखा जाएगा।

हम अपनी आम जिन्दगी और अपने काम करने का एक ही तरीक़ा अपना लेते हैं। उनमें आवश्यकतानुसार बदलाव नहीं लाते। कई संस्थाओं में पत्र लिखने या रिपोर्ट लिखने का एक तरीक़ा अपना लिया जाता है, और वही तरीक़ा सालों-साल चलता रहता है, उसमें कोई बदलाव नहीं आता है।

4. एक उदाहरण और भी लें। आप नीचे दिए गए चित्र में गिनकर बताएं कि उस चित्र में कुल कितने वर्ग हैं?

A	B	C	D
E	F	G	H
I	J	K	L
M	N	O	P

चित्र 8

ज़्यादातर लोग चित्र को देखते ही वर्गों की संख्या गिनकर बोल उठेंगे–16 वर्ग। फिर थोड़ा सोचकर एक सबसे बड़े पूरे वर्ग को जोड़कर बोल पड़ेंगे–17 वर्ग। इसके बाद अक्सर लोग आगे नहीं बढ़ पाएंगे। लेकिन वास्तव में इसमें और भी अधिक वर्ग हैं।

जैसे A B E F, B C F G, C D G H, इत्यादि, मिलाकर 9 और वर्ग होते हैं।

इसी प्रकार A B C E F G I J K मिलाकर 4 और वर्ग बनते हैं। इस प्रकार 16 + 1 + 9 + 4 वर्ग मिलाकर कुल 30 वर्ग बनते हैं।

ऊपर दिया गया उदाहरण यह बतलाता है कि हम अक्सर चीज़ों और समस्याओं को ऊपरी नज़र से देखते हैं और उसकी गहराई तक पहुंचने का प्रयास नहीं करते हैं। हम अक्सर जो सामने दिखता है, उसी को सहर्ष स्वीकार कर लेते हैं और उसे चुनौती नहीं देते हैं। यदि गैलीलियो ने इस बात को चुनौती नहीं दी होती कि सूर्य पृथ्वी की परिक्रमा नहीं करता, बल्कि पृथ्वी ही सूर्य की परिक्रमा करती है, तो हम लोग आज तक झूठी बात पर विश्वास करते रहे होते।

हमारी आदत-सी बन चुकी है कि हम किसी भी नए विचार या नए। दृष्टिकोण की ओर ध्यान नहीं देते हैं और उसे नकार देते हैं।

कई लोग अधिक रचनात्मक होते हैं और उनके दिमाग में कई नए-नए रचनात्मक विचार आते हैं, लेकिन वे उन्हें व्यक्त करने का साहस नहीं जुटा पाते। उन्हें डर लगता है कि लोग उनके नए विचार को स्वीकार नहीं करेंगे, बल्कि उनकी हंसी उड़ाएंगे। इस प्रकार कई नए-नए रचनात्मक विचार जन्म लेने से पहले ही मर जाते हैं।

हमें किसी नए विचार को नकारना नहीं चाहिए, बल्कि उसे आदर से देखना चाहिए। नए-नए विचारों को जन्म देने में 'ब्रेन स्टॉरमिंग सेशन'.. काफ़ी लाभदायक सिद्ध होते हैं। इसमें हर नए विचार का स्वागत होता है और कोई भी नए विचार कितने भी हास्यास्पद क्यों न हों, उस विचार की कोई हंसी नहीं उड़ाता।

ब्रेन स्टॉरमिंग से उपजे कुछ सटीक उदाहरण निम्नलिखित हैं, जिनके प्रयोग से कई संस्थाओं को काफ़ी लाभ हुआ है। उनकी बिक्री बढ़ी है और साथ-ही-साथ उनकी आय और साख भी।

एक कम्पनी ने 'इंसटेंट कॉफ़ी' बनाई, जिसे गरम पानी और दूध में मिलाते ही एक अच्छी कॉफी तैयार हो जाती थी। इसलिए उस कम्पनी को विश्वास था कि इस ब्रांड की कॉफी की अधिक बिक्री होगी। लकिन

परिणाम इसके विपरीत ही निकला। इसकी वजह यह पाई गई कि गृहणियों ने 'इंसटेंट कॉफ़ी' ख़रीदना ही बन्द कर दिया, और जब उनके घर कोई अतिथि आता था और उसे कॉफ़ी पिलाते थे, तो यह ज़रूर बताते थे कि यह कॉफी 'इंसटेंट कॉफी' नहीं है, ताकि यदि कॉफ़ी अच्छी लगे, तो इसमें उनकी तारीफ़ हो। जब कम्पनी को इस बात का पता चला, तो उसने 'इंसटेंट' शब्द अपनी उस ब्रांड की कॉफ़ी से हटा दिया। फिर उसकी कॉफ़ी की बिक्री बढ़ गई। यह लाभदायी विचार ब्रेन स्टॉरमिंग सेशन ही की देन था।

एक प्रकार का बिस्कुट जो कुछ नमकीन और कुछ मीठा था, उसकी बिक्री उतनी नहीं बढ़ी, जितनी कम्पनी को उम्मीद थी। ब्रेन स्टॉरमिंग सेशन में एक ने कहा कि बिस्कुट की पैकिंग हल्के रंग की है, जिसके कारण ग्राहक को बिस्कुट का पैकेट एक-दो बार ही दिखाने में मैला और धूमिल पड़ जाता है और लगता है कि वह पैकिंग कई महीने पुरानी है। एक ने सुझाव दिया कि बिस्कुट की पैकिंग किसी गहरे रंग के काग़ज़ से की जाए, जिससे बिस्कुट का पैकेट जल्दी गंदा न हो, और पुराना नहीं लगने लगे। ऐसा करते ही उस बिस्कुट की बिक्री बहुत बढ़ गई।

एक टूथपेस्ट कम्पनी ने अपने ग्राहकों को आकृष्ट करने के लिए उन्हें यह जानकारी दी कि वह टूथपेस्ट एक बार के इस्तेमाल के लिए एक इंच की बजाय आधा इंच ही काफ़ी है। अब लोग एक इंच की बजाय आधे इंच टूथपेस्ट का ही इस्तेमाल करने लगे, जिससे उनका टूथपेस्ट अधिक दिनों तक चलने लगा। इस प्रकार उस टूथपेस्ट की बिक्री में बहुत गिरावट आ गई। तब एक ब्रेन स्टॉरमिंग सेशन में एक नया विचार उभर कर आया कि टूथपेस्ट के ट्यूब (Tube) के मुंह की गोलाई को थोड़ा बढ़ा दिया जाए। इस प्रकार आधे इंच टूथपेस्ट में ज़्यादा पेस्ट आने लगा ओर उस टूथपेस्ट की बिक्री की गिरावट थम गई। . ..

इन सभी सफलताओं की कहानियों का सार यह है कि यदि आप अपनी संस्था में नए और रचनात्मक विचारों को पनपने देंगे और नए विचार बताने के लिए अपने कर्मचारियों एवम् अफ़सरों को उत्साहित करेंगे, तो आपकी संस्था का अधिक भला हो सकता है; प्रगति हो सकती है।

काम की बातें (Action Points)

- हमें जान लेना चाहिए कि हर व्यक्ति में रचनात्मकता की प्रतिभा होती है। वह रचनात्मक तरीक़े से सोच सकता है और यह प्रतिभा स्वयं हममें भी है।
- हमें उन बातों का ध्यान रखना चाहिए, जो हमारी रचनात्मक सोच में बाधा एवं रुकावट डालते हैं। यदि हम पाएं कि हममें ऐसी कोई कमी है तब हमें कोशिश करनी चाहिए कि हम ऐसी बाधा और रुकावट को निकाल फेंकें।
- हमें चाहिए कि हम किसी समस्या को एक ही नज़रिए से न देखते रहें। हमें अपना यह नज़रिया बदलना चाहिए और किसी भी समस्या को विभिन्न पहलुओं से देखना शुरू करना चाहिए। अंततः हमें सफलता अवश्य मिलेगी।
- हमें अपनी संस्था में भी ऐसा माहौल पैदा करना चाहिए कि हमारे सभी सहयोगी हर समस्या या काम करने के तरीक़े को रचनात्मक ढंग से सोचें और उस समस्या के कई हल खोज डालें और उन सब में जो सबसे अधिक अच्छा और हितकारी लगे उसी हल पर अमल करें। इससे आपकी अपनी, आपके सभी सहयोगियों की, और आपकी संस्था की भी प्रगति और उन्नति होगी।

अपने सामानों की बिक्री बढ़ाने में रचनात्मकता

अपने व्यापार को बिना विज्ञापन के करना ऐसा ही है, जैसे अंधेरे में किसी लड़की को आंख मारना। आप केवल स्वयं जानते हैं कि आप क्या कर रहे हैं, मगर कोई भी दूसरा व्यक्ति नहीं समझ पाता कि आप क्या कर रहे हैं? वह लड़की भी नहीं।

–एस. एच. ब्रिट

हमने पिछले पन्नों में देखा है कि जब हम उसमें दिए गए चित्र को देखते हैं तो केवल 16 या 17 वर्ग ही खोज पाते हैं और 30 वर्ग तलाशने में हमें

A	B	C	D
E	F	G	H
I	J	K	L
M	N	O	P

चित्र 1

चित्र 2

कठिनाई होती है। लेकिन किसी अधिकारी का काम 30 वर्ग गिनना नहीं है। यह बात तो इसलिए दर्शाई गई है ताकि आप अपने काम में दूरदर्शिता एवं रचनात्मक सोच का अधिक-से-अधिक प्रयोग ला सकें और उन्हें यथार्थ में ढाल सकें। इस प्रकार आप अपने अन्य प्रतियोगी व्यापारियों से आगे निकल जाएंगे और आपका व्यापार दिनों-दिन बढ़ता ही जाएगा। वह अधिकारी जो

अपने व्यापार में कई ऐसे नए अवसर ढूढ पाता है, जो दूसरी संस्था के अधिकारियों को नज़र ही नहीं आता, उसकी संस्था का उत्थान और प्रगति निश्चित है।

आप अपने उन्हीं तैयार सामानों को बेचने की कोशिश न करें जो आप आज तक बनाते आए हैं। आपको अपने ग्राहकों की पसंद-ना-पसंद का भी ध्यान रखना चाहिए और बदलते वातावरण में अपनी बनाई चीज़ों में भी उसके अनुसार बदलाव लाना चाहिए। ऐसा आपको अपने प्रतियोगियों से पहले ही कर लेना चाहिए, ताकि आपको शुरू में ही अधिक धन लाभ की प्राप्ति हो सके। यह काम किसी वर्ग में अनेक वर्ग (30 वर्ग) खोजने के समान है।

एडवर्ड डि. बोनो की रचनात्मकता के संबंध में एक रोचक कहानी प्रस्तुत है–

किसी व्यापारी ने एक बूढ़े और कुरुप महाजन से काफ़ी बड़ी रकम उधार ली थी। उस व्यापारी की एक बहुत ही जवान और सुन्दर बेटी थी, जिससे वह महाजन शादी करना चाहता था। इसलिए उसने व्यापारी से कहा कि वह अपनी लड़की की शादी उसके साथ कर दे, तो वह उसका पूरा कर्ज माफ़ कर देगा। इस बात पर व्यापारी राजी नहीं हुआ।

तब महाजन ने एक और चाल चली। उसने कहा कि इस बात को भाग्य पर छोड़ देते हैं। हम अपने आंगन में बिखरे पत्थर के टुकड़ों में से एक काला और एक सफ़ेद पत्थर का टुकड़ा उठाएंगे और उन दोनों पत्थर के टुकड़ों को एक थैली में बन्द कर देंगे। उन दो पत्थर के टुकड़ों में से उसकी बेटी को कोई एक टुकड़ा थैली में से निकालना होगा। यदि वह सफ़ेद पत्थर का टुकड़ा उठाएगी, तब उसे उससे शादी नहीं करनी पड़ेगी और व्यापारी का पूरा कर्ज़ा भी माफ़ कर दिया जाएगा। लेकिन यदि वह लड़की काले पत्थर का टुकड़ा उठाएगी तब भी उसका पूरा कर्ज़ तो माफ़ कर दिया जाएगा लेकिन उस व्यापारी को अपनी बेटी से उसकी शादी करनी पड़ेगी। इस बात पर दोनों बाप-बेटी अपनी किस्मत आजमाने को तैयार हो गए।

जब वह महाजन अपने आंगन में पड़े पत्थर के टुकड़े उठा रहा था, तब

उस लड़की ने अपनी पैनी नज़र से देख लिया कि महाजन ने दोनों काले रंग के पत्थर के टुकड़े अपनी थैली में रख दिए हैं। महाजन, व्यापारी और उसकी लड़की महाजन के आंगन में बिछे पत्थर के टुकड़ों के बीच में कुर्सी पर बैठ गए और पत्थर के दो टुकड़ों वाली थैली एक मेज़ पर रख दी गई, और महाजन ने उस लड़की से एक पत्थर का टुकड़ा उठाने को कहा।

उस लड़की को तो मालूम ही था कि उस थैली में दोनों ही पत्थर के टुकड़े काले रंग के रखे हैं। इसलिए उसने थैली में अपना हाथ डाला और एक पत्थर अपनी मुट्ठी में उठा लिया और उसे बिना देखे ही अपनी हड़बड़ाहट का नाटक किया और पत्थर के टुकड़े को नीचे गिरा दिया, जो कई रंग-बिरंगे पत्थरों के बीच में खो गया। फिर उसने महाजन से अपनी इस ग़लती के लिए माफ़ी मांगी और कहा कि कोई बात नहीं है, जो हो गया सो हो गया। अब हम लोग सावधानी से यह देख लेते हैं कि थैली में किस रंग का पत्थर का टुकड़ा बचा है। यदि उस थैली में सफ़ेद रंग का पत्थर का टुकड़ा पड़ा होगा, तो उसने काले रंग का पत्थर का टुकड़ा निकाला होगा, और यदि उस थैली में काले रंग का पत्थर का टुकड़ा बचा होगा, तो उसने सफ़ेद रंग का टुकड़ा उठाया होगा। और क्योंकि महाजन ने दोनों पत्थर के टुकड़े जो थैली में रखे थे, वे काले रंग के ही थे, इसलिए थैली में बचे पत्थर के टकडे को काले रंग का होना ही था। जब थैली में काले रंग का पत्थर का टुकड़ा मिला, तब इससे साबित हो गया कि लड़की ने सफ़ेद रंग का ही पत्थर का टुकड़ा उठाया था।

इस प्रकार शर्त के मुताबिक बाप और बेटी की जीत हो गई और महाजन शर्त हार गया। उसे व्यापारी का पूरा कर्ज़ माफ़ करना पड़ा और उसकी शादी उस लड़की से भी नहीं हो पाई। इस प्रकार उस लड़की की दूरदर्शिता और रचनात्मक बुद्धि काम आई।

ऐसी स्थिति में हम लोगों में से अधिकतर लोग इस बात पर ध्यान देते हैं कि उस लड़की को दोनों में से एक पत्थर का टुकड़ा निकालना है, इस बात पर हम अक्सर ध्यान नहीं देते कि थैली के अंदर किस रंग का पत्थर का टुकड़ा बचा रह जाएगा। उस लड़की ने पत्थर के टुकड़े को निकाले जाने

के बजाय इस बात पर ध्यान दिया कि कौन-सा पत्थर का टुकड़ा थैली के अंदर छूट जाएगा। इस प्रकार वह बाज़ी मार गई।

यदि आपसे कोई कहे कि आप चार गमलों को एक दूसरे से बराबर दूरी पर रखें, तब आप क्या करेंगे। यदि आप उन्हें वर्गाकार स्थिति में रखेंगे, तब भी वे समान दूरी पर नहीं होंगे। किसी और स्थिति में रखने पर भी उन चारों गमलों की दूरी बराबर नहीं होगी। लेकिन जब आप उन चारों गमलों को एक-दूसरे से बिल्कुल सटा कर रखेंगे तब उनमें कोई भी दूरी नहीं रह जाएगी। यानी वे सभी गमले बराबर 'दूरी' पर रखें होंगे, और यह भी ज़रूरी नहीं है कि हम यह मान कर चलें कि चारों गमलों का गोलाई लिए हुए होना ही ज़रूरी है। वे चौकोर भी हो सकते हैं, और जब हम चौकोर गमलों को एक साथ मिलाकर रखेंगे, तो वे एक दूसरे से चिपक कर रखें होंगे और उनमें ज़रा भी दूरी नहीं रह जाएगी और थोड़ी-सी भी दूरी का नहीं होना समान दूरी ही है।

अब हम कुछ रचनात्मक ढंग से किये गए विज्ञापनों पर ध्यान देते हैं–

जूतों की एक दुकान पर लिखा था 'हम जूते बेचते हैं। दूसरी जूतों की दुकान पर लिखा था, 'हम सुन्दर पांव बेचते हैं। इस कारण स्वाभाविक ही था कि जूतों की दूसरी दुकान की बिक्री पहली जूतों की दुकान के मुकाबले बहुत अधिक थी।

कुछ कम्पनियां अपने विज्ञापन में भावना और भावुकता का सहारा लेती हैं। जैसे रथ ब्रांड के वनस्पति तेल का विज्ञापन था 'प्यार ही है नारी संसार'। यह विज्ञापन गृहणियों के दिल को छू-सा जाता है, क्योंकि वे अपने सम्पूर्ण परिवार के स्वास्थ्य का ध्यान रखती हैं।

रिलायंस इंडस्ट्रीज का एक विज्ञापन था 'एक नारी अपने को कई भाषाओं में अभिव्यक्त करती है और उनमें से एक 'विमल' है। ('विमल' रिलायंस इन्डस्ट्रीज़ के कपड़ों का ब्रांड नाम है)

अचार बनाने वाली कम्पनी 'वडेकर' ने अपने विज्ञापन में लिखा था। 'केवल दो लोग ही उत्तम अचार तैयार कर सकते हैं–एक आप स्वयं और दूसरा वडेकर'।

प्रेस्टीज प्रेशर कुकर का विज्ञापन 'जो अपनी बीवी से करें प्यार, तो वे

प्रेस्टीज कुकर से कैसे करें इंकार।' कॉलगेट टूथपेस्ट का विज्ञापन 'सुरक्षा चक्र' और 'सर्फ़ की खरीदारी में और भी समझदारी है', ऐसे कुछ अन्य उदाहरण हैं।

एक कम्पनी ने अपने एक अधिकारी को किसी क्षेत्र में यह अनुमान लगाने भेजा कि उस क्षेत्र में उस कम्पनी के जूतों की बिक्री की कितनी संभावना है। उस अधिकारी ने पाया कि उस क्षेत्र में कोई भी व्यक्ति जूते नहीं पहनता। इससे उसने यह अनुमान लगाया कि उस क्षेत्र में जूतों की बिक्री की ज़रा भी संभावना नहीं है।

उस कंम्पनी ने कुछ समय बाद उसी क्षेत्र में उसी काम के लिए एक अन्य अधिकारी को भेजा। उसने भी यही पाया कि उस क्षेत्र में कोई भी व्यक्ति जूते नहीं पहनता। लेकिन उसने इस सत्य को बिल्कुल अलग तरह से देखा और अपनी रिपोर्ट में लिखा कि उस क्षेत्र में जूतों की बिक्री के अत्यधिक अवसर हैं, क्योंकि यहां कोई भी व्यक्ति अब तक जूते नहीं पहनता। यह है रचनात्मक सोच और दूरदर्शिता। उसने सोचा कि क्योंकि अब तक कोई जूते बनाने वाली कंम्पनी इस क्षेत्र में नहीं आई है, इसलिए उसकी कम्पनी पहली कम्पनी होगी, जो उस क्षेत्र में जूते बेचेगी और उसके जूतों की बिक्री बहुत ज़्यादा होगी, क्योंकि सभी लोग उसी कम्पनी के बनाए जूते खरीदेंगे।

इस तरह हम देखते हैं कि हम अपनी रचनात्मक सोच और दूरदर्शिता के बल पर अपनी संस्था के बनाए हुए सामानों को नए-नए विज्ञापनों और रचनात्मक तरीक़ों से ज़्यादा-से-ज़्यादा मात्रा में बेच सकते हैं और अपनी संस्था की प्रगति एवं उत्थान में हमेशा सहायक हो सकते हैं।

काम की बातें (Action Points)

- हमें रचनात्मक एवं दूरदर्शी होना चाहिए।
- हमारे दिमाग में केवल नए-नए रचनात्मक विचार आने ही पर्याप्त नहीं हैं। हमें उन विचारों को अपनाकर उन्हें काम में लाना चाहिए। तभी हमारी संस्था की प्रगति और उन्नति होगी।
- हमें अपने सामानों की बिक्री बढ़ाने के लिए नए-नए तरीक़े अपनाने चाहिए और कई नए-नए अवसर खोज निकालने चाहिए, जिस ओर अन्य लोगों का ध्यान ही नहीं जाता।
- हमें अपनी समस्याओं को रचनात्मक तरीक़े से सुलझाना चाहिए।
- हमें अपने ग्राहकों की वर्तमान और भविष्य की आवश्यकताओं और मांगों का हमेशा ध्यान रखना चाहिए और अपनी प्रतियोगी संस्थाओं से पहले ही उस दिशा में कदम बढ़ा देना चाहिए।
- हमें अपने ग्राहकों में नई-नई चीज़ों की मांगें भी पैदा करनी चाहिए। इस प्रकार हमारी संस्था की बिक्री बढ़ेगी और उसके साथ-साथ उसका विकास भी होगा।

संस्था की प्रगति के लिए 'ब्रेन स्टॉरमिंग'

कल्पना करना, ज्ञान होने से अधिक महत्वपूर्ण है।

– आइंस्टीन

सभी संस्थाओं को अपनी प्रगति के पथ पर सदा अग्रसर होते रहना चाहिए और अपना विकास और उत्थान करने के लिए अपने काम करने के तरीक़ों में समय-समय पर वातावरण के अनुकूल आवश्यक बदलाव लाते रहना चाहिए। उन्हें आज के प्रतियोगिता भरे माहौल में उसके अनुरूप ढाल लेना चाहिए। हमें सफल होने के लिए सदा रचनात्मक तरीक़ा अपनाना चाहिए। हमें समझ लेना चाहिए कि रचनात्मक व्यक्ति अपने नए-नए अच्छे विचार और परामर्श से अपनी संस्था में यथोचित बदलाव ला सकता है, जिससे उसकी संस्था की प्रगति और उन्नति हो सके।

ऑसबर्न ने ठीक ही कहा है कि हम में से लगभग सभी व्यक्ति में रचनात्मक प्रतिभा है। इसलिए हर संस्था को चाहिए कि वे अपने कर्मचारियों की रचनात्मक प्रतिभा की सराहना करें और उसका सम्मान करें। उन्हें अपने कर्मचारियों के नए-नए रचनात्मक विचार व्यक्त करने के लिए प्रोत्साहित करते रहना चाहिए और एक अनुकूल वातावरण बनाना चाहिए जिसमें नए-नए रचनात्मक विचार पनप सकें।

ब्रेन स्टॉरमिंग किसी भी समस्या को सुलझाने के लिए अनेकानेक सुझाव और नज़रिया प्रस्तुत करने का एक बहुत ही महत्वपूर्ण तरीक़ा है। जे.जी. रालिंसन ब्रेन स्टॉरमिंग को कुछ व्यक्तियों के एक समुदाय द्वारा कम समय में ज़्यादा-से-ज़्यादा रचनात्मक एवं नवीन विचार व्यक्त करने का एक महत्वपूर्ण साधन और तरीक़ा मानता है।

किसी भी ब्रेन स्टॉरमिंग सत्र को सफल होने के लिए निम्नलिखित मूल सिद्धांतों और नियमों का पालन करना चाहिए :

1. सबसे पहला और महत्वपूर्ण नियम यह कि ब्रेन स्टॉरमिंग सत्र में जब भी कोई विचार व्यक्त किया जाए उसका जल्द ही मूल्यांकन नहीं करना चाहिए। चाहे वे कितने ही बेकार हों और प्रयोग में लाने लायक भले ही न हों। आप उस पर मुस्कुरा ज़रूर सकते हैं लेकिन उसका मूल्यांकन नहीं कर सकते हैं।

किसी विचार का मूल्यांकन करने या उस विचार की हंसी उड़ाने से वह व्यक्ति अपना उत्साह खो बैठेगा और उस समुदाय के दूसरे सदस्य भी अपने नए विचार व्यक्त करने में हिचकिचाहट महसूस करेंगे।

बेकार और बेवकूफ़ी भरे विचार का भी एक अपना महत्व है। ऐसे विचार किसी दूसरे व्यक्ति के दिमाग़ में एक अत्यंत प्रभावशाली और कारगर विचार को जन्म दे सकते हैं।

इस संबंध में हम कुछ सफल उदाहरण प्रस्तुत करते हैं।

एक कम्पनी अपनी लिपस्टिक की बिक्री बढ़ाना चाहती थी. जिसे महिलाएं अपने होंठों पर लगाती हैं। वह कम्पनी अब तक गुलाबी या लाल लिपस्टिक ही बनाती थी। ब्रेन स्टॉरमिंग सत्र के दौरान एक व्यक्ति ने यह सुझाव दिया कि हमें भूरे रंग की भी लिपस्टिक बनानी चाहिए क्योंकि भारतीय महिला उतनी गोरी नहीं होती, जितनी कि पश्चिमी देशों की महिलाएं होती हैं। एक दूसरे व्यक्ति ने मज़ाक के तौर पर कहा कि हमें काले रंग की लिपस्टिक भी बनानी चाहिए, क्योंकि अक्सर भारतीय महिलाएं सांवली व काली भी होती हैं।

इस बात पर सभी लोग ठहाका मार कर हंस पड़े। इस बात का असर एक दूसरे व्यक्ति पर बिल्कुल ही अलग पड़ा। उसने सोचा कि लिपस्टिक के रंग को महिलाओं की त्वचा के रंग से मिलाने की बजाय हमें उनके वस्त्रों के रंग से मिलाना चाहिए। अर्थात् महिलायें जिस रंग की साड़ी पहनें उसी रंग की लिपस्टिक भी लगाएं। इस प्रकार वह कम्पनी कई रंगों की लिपस्टिक बनाने लगी और उसकी लिपस्टिक की बिक्री में अत्यधिक वृद्धि हुई। अब तो महिलाएं अपनी साड़ी के रंग की बिन्दी भी लगाने लगी हैं, उसी रंग की

चप्पलें भी पहनने लगी हैं और अपने नाखूनों में उसी रंग की पॉलिश भी... लगाने लगी हैं।

एक कॉफ़ी के बाग़ में कॉफ़ी के फल की बर्बादी के मामले में अत्यधिक बढ़ोत्तरी होने लगी, क्योंकि वे महिलाएं जो कॉफ़ी के फलों को तोड़ती थीं वे या तो ज़्यादा कच्चे फल तोड़ लेती थीं या कुछ सही पके फल छूट जाते थे जो ज़रूरत से ज़्यादा पक जाते थे या नष्ट हो जाते थे। असल बात यह है कि महिलाओं को यह निर्देश मिला था कि वे एक खास रंग के ही कॉफ़ी के फल तोड़े, उस रंग से हल्के रंग के नहीं। लेकिन उनके द्वारा भरपूर सावधानी बरतने पर भी अक्सर उनसे ग़लती हो जाती थी।

जब इस समस्या के संबंध में एक ब्रेन स्टॉरमिंग सत्र चल रहा था, तो एक व्यक्ति ने विचार व्यक्त किया कि उन सभी महिलाओं के नाख़ूनों को कॉफ़ी के फल के सही रंग के अनुरूप रंग देना चाहिए। जब वे अपनी उंगलियों से कॉफ़ी के फल को तोड़ेंगी तो अपने नाखूनों के रंग से मिलाकर ही तोड़ेंगी। इस सुझाव को जब अपनाया गया तब कॉफ़ी के फलों की बर्बादी बड़े स्तर तक कम हो गई।

2. ब्रेन स्टॉरमिंग सत्र का दूसरा नियम यह कि सत्र में व्यक्त किए गए विचारों के गुण और उनकी योग्यता पर ध्यान नहीं देना चाहिए। बल्कि व्यक्त किए गए विचारों की संख्या बढ़ाने पर जोर देना चाहिए। ब्रेन स्टॉरमिंग सत्र में ज़्यादा-से-ज़्यादा अयोग्य और बेकार के विचार भी व्यक्त किए जा सकते हैं, लेकिन शुरू में हमें उनकी योग्यता और उनके गुण का मूल्यांकन नहीं करना चाहिए। सत्र में व्यक्त किए गए विचारों का मूल्यांकन सत्र की समाप्ति के बाद शुरू होता है।
3. तीसरा नियम यह है कि ब्रेन स्टॉरमिंग सत्र में समय की कोई सीमा निर्धारित नहीं करनी चाहिए। जब तक विचारों का प्रवाह चलता रहे, सत्र को चलने देना चाहिए। यदि कभी विचारों का प्रवाह रुक जाए तो सत्र के संचालक को सभी सदस्यों को और अधिक विचार व्यक्त करने के लिए प्रोत्साहित करते रहना चाहिए, ताकि ज़्यादा-से-ज़्यादा विचार एकत्र किए जा सकें। उनकी योग्यता का मूल्यांकन सत्र के अंत में किया जाएगा।

4. सत्र में व्यक्त किए गए सभी विचारों को काग़ज़ पर लिखते रहना चाहिए। फिर उन विचारों को विभिन्न ग्रुपों में बांट देना चाहिए और उन्हें सीरियल नम्बर दे देना चाहिए। इससे अंत में विचारों के गुण और उनकी योग्यता के मूल्यांकन में आसानी होगी। सत्र में टेप रेकार्डर का प्रयोग नहीं करना चाहिए। इससे लोगों को खुले दिल से विचार व्यक्त करने में कठिनाई होगी।
5. हमें इस बात का हमेशा ध्यान रखना चाहिए कि कई अयोग्य एवं बेकार के विचारों का भी अपना एक अलग महत्व है, क्योंकि ऐसे विचार भी किसी योग्य एवं सफल विचार को जन्म दे सकते हैं। इसका एक उदाहरण प्रस्तुत है–

एक दिन मेरा एक मित्र अपने बेटे के साथ समुद्र के किनारे सैर करने चला गया। जब वह घर वापस आने लगा, तब उसने देखा कि उसके स्कूटर का एक पहिया पंक्चर हो गया है। उसने पंक्चर हुए पहिए के नट-बोल्ट निकाले और एक जगह संभाल कर रख दिए और पंक्चर पहिया बदलने लगा। इतने में उसने देखा कि उसका बेटा उन नट-बोल्ट से खेल रहा है। उसने उसके हाथ से नट-बोल्ट छीन लिए और उसे डांटा भी। उसे डर था कि उसका बेटा नट-बोल्ट से खेलते समय कुछ नट-बोल्ट बालू में खो देगा।

डांट सुनकर उसके बेटे को गुस्सा आ गया और उसने चारों नट-बोल्ट बालू में दूर फेंक दिए जो काफ़ी कोशिश के बाद भी न मिल सके। अब हमारा मित्र परेशान होकर सोचने लगा कि अब घर कैसे जाएंगे? इस पर उसके बेटे ने यह सुझाव दिया कि हम लोग एक ही पहिए पर स्कूटर चला कर घर चलें। यह कितना बेकार और असम्भव विचार है। लेकिन अब इसके महत्व को ज़रा देखिए।

अपने बेटे के इस विचार के आधार पर मेरे दोस्त के दिमाग में यह विचार आया कि वह एक सही पहिए के चार नट-बोल्टों में से दो नट-बोल्ट दूसरे पहिए में लगा दे और धीरे-धीरे अपने घर की ओर चले। थोड़ी दूर जाकर उसने रास्ते में दुकान से चार नट-बोल्ट ख़रीदे और बचे हुए दो-दो नट-बोल्ट अपने स्कूटर के दोनों पहियों में लगाकर कस दिए। इस प्रकार दोनों बाप-बेटे सकुशल अपने घर पहुंच गए। यह है बेकार और असम्भव विचारों का महत्व और सदुपयोग।

6. ओसबॉर्न के अनुसार ब्रेन स्टॉरमिंग सत्र के समुदाय में 12 सदस्यों का होना सबसे अच्छा होता है। लेकिन इस समुदाय में अधिक-से-अधिक 20 सदस्य हो सकते हैं और कम-से-कम पांच या छः सदस्य। इससे कम सदस्य होने से विचारों का प्रवाह अक्सर रुक जाता है और अधिक-से-अधिक विचार व्यक्त नहीं हो पाते हैं।

अक्सर देखा गया है कि किसी एक संस्था में काम करते-करते उनके सभी कर्मचारियों की एक ही ढंग से काम करने की आदत-सी पड़ जाती है। इसलिए उन्हें किसी समस्या पर नए ढंग से सोचने में कठिनाई होती है। इसलिए ब्रेन स्टॉरमिंग के समुदाय में एक-दो सदस्य संस्था से बाहर के भी होने चाहिए, जिन्हें उस संस्था की कार्य-प्रणाली का ज्ञान ही न हो। इसलिए वे किसी समस्या को अपने अलग ढंग से सोचेंगे और नए-नए विचार प्रस्तत कर पाएंगे।

उस समुदाय में मर्दों और औरतों की संख्या लगभग बराबर होनी चाहिए। यह इसलिए ज़रूरी है कि मर्दों और औरतों की सोच और नज़रिए में काफ़ी फ़र्क होता है और यह भी पाया गया है कि औरतें मर्दों के मुकाबले 25 प्रतिशत अधिक रचनात्मक सोच रखती हैं।

7. एक बात का और ध्यान रखना चाहिए। सत्र में सदस्यों को घोड़े की नाल के स्वरूप में (अंग्रेजी के 'U' अक्षर की शक्ल में) बिठाना चाहिए। इस तरह समुदाय के सभी सदस्य एक-दूसरे सदस्य को हमेशा आसानी से देख सकेंगे।
8. ब्रेन स्टॉरमिंग सत्र में उच्च अधिकारी को नहीं बैठना चाहिए। इससे उसके जूनियर अधिकारियों को स्वतंत्र रूप से, बिना किसी झिझक के, बेकार और अयोग्य विचारों को व्यक्त करने में कठिनाई होगी। अच्छा तो यह होगा कि ऐसे सत्र में समान श्रेणी के अधिकारी ही हों। इससे सीनियर-जूनियर की समस्या ही नहीं रहेगी।
9. ब्रेन स्टॉरमिंग सत्र में सबसे महत्वपूर्ण एवं अहम् बात यह है कि जिस समस्या पर चर्चा होनी है, उस समस्या को शुरू में ही सही और ठीक-ठीक शब्दों में सदस्यों के सामने रखना चाहिए। इस प्रकार सभी सदस्य उस समस्या को ठीक-ठीक समझ पाएंगे और

सही दिशा में सोच भी पाएंगे। जॉन डेवी ने ठीक ही कहा है कि किसी भी समस्या को सही ढंग से पेश करने से वह समस्या स्वयं ही आधी सुलझ जाती है। अल्बर्ट आइंस्टीन का भी कहना है कि किसी समस्या का सही ढंग से परिभाषित करना और पेश करना उस समस्या के समाधान से भी अधिक आवश्यक है। नीचे दिया गया उदाहरण इन बातों को और भी अधिक साफ़ और सुलभ कर देगा।

कुछ यात्री किसी सुनसान सड़क पर अपनी कार में जा रहे थे। रास्ते में उनकी कार का एक पहिया पंक्चर हो गया। उन यात्रियों ने पाया कि वे अपने साथ जैक (कार को उठाने का यंत्र) लाना भूल गए हैं। इसलिए उन्होंने जैक की कमी को समस्या समझा। उन्होंने काफ़ी दूरी पर एक पेट्रोल पम्प देखा था। इसलिए उनमें से एक यात्री पैदल ही पेट्रोल पम्प की ओर जैक लाने के लिए चल पड़ा।

कुछ दूसरे यात्रीगण भी एक दूसरी कार से उसी रास्ते से आ रहे थे। उनकी गाड़ी का भी एक टायर लगभग उसी जगह पर पंक्चर हो गया। उनके पास भी जैक नहीं था। लेकिन उन्होंने जैक की कमी को अपनी समस्या नहीं माना। उन्होंने पहिया बदलने के लिए अपनी गाड़ी को उठाना समस्या माना और कुछ अन्य लोगों की सहायता से सभी यात्रियों ने मिलकर अपनी कार को आवश्यक ऊंचाई तक उठाया और गाड़ी के नीचे सही स्थान पर कुछ ईंटें लगा दी और अपने पंक्चर हुए टायर को आसानी से और कम समय में बदल डाला और आगे बढ़ गए, जबकि पहली कार जैक आने के इंतजार में उसी जगह खडी रही।

इस उदाहरण से हम सही तरह से समझ पाते हैं कि किसी समस्या को सही तौर पर पहचानना उस समस्या के समाधान में काफ़ी सहायक सिद्ध होता है।

ब्रेन स्टॉरमिंग सत्र शुरू करने में सबसे पहले जिस समस्या के समाधान पर चर्चा होनी है, उस समस्या को सही ढंग से, सही शब्दों में, सदस्यगण को समझा देना चाहिए। उसके बाद सत्र के सभी नियमों को भी उन्हें समझा देना चाहिए और उनसे अनुरोध करना चाहिए कि वे सभी नियमों का पालन

हमेशा करते रहें। यदि कभी कोई सदस्य ग़लती से किसी नियम को तोड़े, तो उसे सहज भाव से सावधान कर देना चाहिए। फिर यह कोशिश करनी चाहिए कि सदस्य जल्दी-जल्दी अपने विचार व्यक्त करें, ताकि ज़्यादा-से-ज़्यादा विचार उत्पन्न हो सकें। सभी विचारों को काग़ज़ पर साथ-साथ लिखते रहना चाहिए, ताकि कोई विचार लिखने से रह न जाए। लेकिन ऐसा करने में विचारों के प्रवाह में कोई बाधा नहीं आनी चाहिए। हो सके तो आप एक की बजाए दो व्यक्तियों को विचारों को एक के बाद दूसरा विचार लिखने को कह सकते हैं। आप आशुलिपिक (स्टेनोग्राफर) की भी मदद ले सकते हैं।

इसके बाद सभी लिखे गए विचारों के मूल्यांकन का कार्य शुरू होता है।

(क) सबसे पहले यह कार्य सत्र में सदस्यों को ही सौंपना चाहिए कि वे बेकार और अयोग्य विचारों को काट दें। इस तरह ज़्यादा-से-ज्यादा निरर्थक विचार कट-छंट जाएंगे।

(ख) इसके बाद उन कम बचे हुए विचारों को एक समिति को सौंप देना चाहिए, जो उन बचे हुए विचारों में से एक-दो विचार चुन ले जिन्हें उच्चतम अधिकारी के पास भेजा जा सके। इस समिति में सत्र के सदस्यों में से चार-पांच अधिक योग्य और रचनात्मक सदस्यों को चुनना चाहिए, जिनमें से एक सदस्य सत्र का संचालक स्वयं भी होगा। उन एक-दो चुने हुए विचारों को इस नज़रिए से भी देखना चाहिए कि संस्था के उच्च अधिकारी उन विचारों पर क्या प्रश्न पूछ सकते हैं और समिति को उन संभव उत्तरों को भी तैयार कर लेना चाहिए।

जब किसी एक विजयी विचार का चयन हो जाए तो ब्रेन स्टॉरमिंग सत्र के सभी सदस्यों को इस बात की जानकारी दे देनी चाहिए कि उनके द्वारा दिए गए विचारों में से एक विचार और सुझाव चुन लिया गया है और उस विचार पर संस्था में कार्रवाई भी शुरू हो गई है।

इसके बाद ब्रेन स्टॉरमिंग सत्र के सभी सदस्यों को एक सभा में बुलाना चाहिए और संस्था के उच्चतम अधिकारी को उनका अभिवादन करना चाहिए और उन्हें धन्यवाद देना चाहिए। इस प्रकार ब्रेन स्टॉरमिंग द्वारा आपकी संस्था का विकास और उत्थान होता रहेगा।

काम की बातें (Action Points)

- हमें समझ लेना चाहिए कि किसी समस्या के समाधान को ढूढने के लिए ढेर सारे नए और रचनात्मक विचारों को जन्म देने के लिए ब्रेन स्टॉरमिंग एक महत्वपूर्ण साधन और तरीक़ा है।
- हमें याद रखना चाहिए कि ब्रेन स्टॉरमिंग सत्र की सफलता के लिए यह बहुत आवश्यक है कि सत्र के सभी सदस्य सत्र के सभी मौलिक नियमों का कड़ाई और ईमानदारी से पालन करें।
- हमें यह भी ध्यान में रखना चाहिए कि ब्रेन स्टॉरमिंग की सफलता के लिए यह भी ज़रूरी है कि हमें सत्र में विचारणीय समस्या को सही ढंग से और सटीक शब्दों में पेश करना चाहिए, जिससे समस्या का हल ढूढने में अधिक आसानी हो और सभी सदस्य सही दिशा में विचार व्यक्त कर सकें।
- हमें इस बात के लिए भी सदा सतर्क रहना चाहिए कि कहीं विचारों के मूल्यांकन के समय कोई बहुमूल्य और योग्य विचार और सुझाव सदस्यों द्वारा या समिति द्वारा काट-छांट न दिया जाए। यह बहुत ज़रूरी है।
- हमें यह भी देख लेना चाहिए कि चुने हुए विचार और सुझाव उच्चतम अधिकारी के पास भेजने से पहले अच्छी तरह परख लिए गए हैं, और उच्चतम अधिकारी द्वारा पूछे गए संभावित प्रश्नों का हर संभव उत्तर भी हमारे पास पहले से ही होना चाहिए। इस तरह चुने गए विचारों को संस्था के उच्चतम अधिकारी द्वारा स्वीकृति मिलना आसान और संभव हो सकेगा।
- हमें सत्र के सभी सदस्यों को यह भी बता देना चाहिए कि उनके सुझाए हुए विचारों में से एक विचार संस्था के उच्चतम अधिकारी ने स्वीकार कर लिया है और उस पर उचित कार्रवाई भी शुरू कर दी गई है।
- हमें अंत में सत्र के सभी सदस्यों की एक सभा बुलानी चाहिए, जिसमें संस्था के उच्चतम अधिकारी को उन सभी सदस्यों का स्वागत करना चाहिए और उन्हें धन्यवाद देना चाहिए कि उनके दिए गए सुझाव द्वारा उनकी संस्था की लगातार प्रगति और विकास होता रहेगा।

अध्याय 6 अपने कौशल का प्रबंधन करें

- डरपोक शेर हो गया, भाग 1 : केस स्टडी
- डरपोक शेर हो गया, भाग 2 : केस का विश्लेषण
- जल्दबाज़ी अयोग्यता को जन्म देती है, भाग 1 : केस स्टडी
- जल्दबाज़ी अयोग्यता को जन्म देती है, भाग 2 : केस का विश्लेषण
- एक ग्राहक अपने बैंकर से झगड़ा मोल लेता है, भाग 1 : केस स्टडी
- एक ग्राहक अपने बैंकर से झगड़ा मोल लेता है, भाग 2 : केस का विश्लेषण

डरपोक शेर हो गया, भाग 1 : केस स्टडी

हमारे वर्तमान डर हमारे काल्पनिक डरों की आशंकाओं से कम डरावने होते हैं।

– शेक्सपियर

एक सरकारी बैंक में अनेक वर्षों से उसके कर्मचारियों को असीमित ओवर टाइम मिलता रहा था। एक साल अचानक जुलाई के महीने में उस बैंक के उच्च अधिकारियों ने ओवर टाइम देने की एक सीमा निर्धारित कर दी कि किसी भी कर्मचारी को एक साल में (यानि जनवरी से दिसम्बर माह तक) 120 घंटों से अधिक ओवर टाइम नहीं दिया जाएगा। इस बात से सारे कर्मचारी नाराज हो गए और आन्दोलन करने लगे, और बैंक के कामों में अड़चने पैदा करने लगे। उनका आन्दोलन बैंक की हर एक शाखा में चलने लगा। लेकिन उन्होंने उस बैंक की एक बड़ी शाखा को ख़ासतौर पर चुन लिया जिसमें उनका आन्दोलन और भी अधिक जोरदार तरीक़े से चलने लगा। इसका मुख्य कारण यह था कि उस शाखा में एक नए शाखा प्रबंधक का स्थानान्तरण हुआ था और पुराने शाखा प्रबंधक ने अगस्त माह में ही सभी कर्मचारियों को 110 घंटों का ओवर टाइम बांट दिया था। और अब बैंक के नए निर्देश के अनुसार सितम्बर माह से दिसम्बर माह तक ओवर टाइम देने के लिए केवल 10 घंटे ही शेष थे, जिसमें चार महीनों तक काम चलाना कठिन था।

उस शाखा के कर्मचारियों को पहले से ही पता चल चुका था कि उस शाखा का नया शाखा प्रबंधक कोमल सिंह ज़रा डरपोक और कायर प्रकृति का व्यक्ति है। इसलिए उन लोगों ने उस पर दबाव डालना शुरू कर दिया कि

वह बाकी बचे ओवर टाइम के 10 घंटे भी सितम्बर माह में ही सभी कर्मचारियों को बांट दे, जिससे सितम्बर माह में ही ओवर टाइम की निर्धारित सीमा समाप्त हो जाए और उस बैंक को साल के बचे तीन महीनों में सुचारु रूप से काम चलाने के लिए ओवर टाइम की सीमा बढ़ाने के लिए मजबूर होना पड़े। लेकिन बैंक के उच्च अधिकारियों ने सभी शाखा प्रबंधकों को कड़े निर्देश दे दिए थे कि सभी शाखा प्रबंधक अगस्त महीने के बाद ओवर टाइम देना बिल्कुल बंद कर दें, अन्यथा उनकी नौकरी पर भी बन आ सकती है। इसलिए कोमल सिंह ने अपनी शाखा के कर्मचारियों की मांगों को मानने से साफ़ इंकार कर दिया।

यह देखकर उस शाखा के कर्मचारी यूनियन के नेताओं ने एक दूसरी ही चाल चली। उन्होंने अपने सभी कर्मचारी साथियों को यह निर्देश दिया कि वे अटेंडेंस रजिस्टर में विभिन्न तिथियों में बैंक से अपने घर जाने के समय को काटकर कुछ अधिक समय भर दें, जिससे कि सभी कर्मचारी ओवर टाइम के बचे 10 घंटे भी ले सकें। बाद में यूनियन के नेताओं ने शाखा प्रबंधक को हाजरी रजिस्टर दिखा दिया और कहा कि शाखा के सभी कर्मचारियों ने बचे 10 घंटों का ओवर टाइम ले लिया है। इस पर शाखा प्रबंधक हैरान रह गया।

यह घटना 25 सितम्बर की हैं। शाखा प्रबंधक अच्छी तरह से जानता था कि शाखा के कर्मचारियों ने बैंक के रजिस्टर में बिना किसी अधिकार के मनमाने तरीक़े से अपने-अपने बैंक से जाने के समय में उलट-फेर करके और बैंक के रिकार्ड से छेड़-छाड़ करके घोर अपराध किया है, जिस पर कड़ी कार्रवाई की जा सकती है। लेकिन उसने उसी समय हाज़री रजिस्टर को अपने कब्जे में नहीं लिया, क्योंकि उसे डर था कि यदि वह ऐसा करेगा तब कर्मचारियों को समझ में आ जाएगा कि वह कर्मचारियों के विरुद्ध कार्रवाई करने की सोच रहा है।

ऐसा समझकर हो सकता है कि सारे कर्मचारी उसकी शाखा में अपने आन्दोलन को और भी तेज़ कर दें और शाखा के काम-काज में और अधिक अड़चने एवं परेशानियां पैदा करने लगे। इसलिए उसने सोचा कि अब तो सितम्बर महीने के केवल पांच दिन ही शेष बचे हैं और नियमानुसार अगले

महीने से नया हाजरी रजिस्टर शुरू ही हो जाएगा तब वह सितम्बर के हाज़री रजिस्टर को अपने कब्जे में कर लेगा और कर्मचारियों के विरुद्ध उचित कार्रवाई करेगा। ऐसा करने से शाखा के कर्मचारियों का ध्यान इस ओर नहीं जाएगा और उन्हें कोई संदेह भी नहीं होगा।

लेकिन दूसरे दिन सवेरे कर्मचारियों ने पाया कि हाज़री रजिस्टर उस कमरे में नहीं है, जहां वह रखा जाता था। इसलिए उन्होंने समझा कि शाखा प्रबंधक ने उस हाज़री रजिस्टर को गायब कर दिया होगा, जिसके आधार पर उन्होंने 10 घंटों का ओवर टाइम ले लिया था। ऐसा समझकर शाखा के सभी लगभग 100 कर्मचारी शाखा प्रबंधक के कमरे में घुस गए और शोर-शराबा मचाने लगे और आपत्तिजनक व्यवहार करने लगे, जिससे शाखा प्रबंधक को लज्जित होना पड़ा। कुछ समय बाद एक कर्मचारी ने शाखा प्रबंधक के कमरे में आकर यह सूचना दी कि हाज़री रजिस्टर उसी कमरे में मिल गया है। तब जाकर शाखा के सभी कर्मचारी प्रबंधक के कमरे से बाहर निकले।

कुछ देर बाद शाखा के कुछ अधिकारी शाखा प्रबंधक के पास गए और उससे कहा कि शाखा के कर्मचारियों ने उसकी बेइज़्ज़ती करके घोर अपराध किया है। साथ ही यह भी कहा कि शाखा-प्रबंधक की बेइज्जती उन सभी अधिकारियों की भी बेइज्जती है। इसलिए उन कर्मचारियों के ख़िलाफ़ उचित कार्रवाई करनी चाहिए। इस पर शाखा प्रबंधक ने कहा कि उस दिन का बैंक का काम समाप्त होने के बाद शाखा के सभी अधिकारी एक साथ बैठेंगे और इस संबंध में खुलकर चर्चा होगी। उस सभा में सभी अधिकारियों ने मिलकर यह उचित निर्णय लिया कि शाखा के कर्मचारी यूनियन के दो बड़े नेताओं के खिलाफ कड़ी कार्रवाई करनी चाहिए। साथ ही उन सभी अधिकारियों ने शाखा प्रबंधक को यह भी आश्वासन दिया कि हर दशा में वे सब उसका साथ देंगे।

शाखा प्रबंधक की भी सभी कर्मचारियों के सामने काफ़ी बेइज़्ज़ती हो चुकी थी, इससे उसको काफ़ी अफ़सोस और ग्लानि हो रही थी। इस वजह से उसके अंदर का शेर जाग उठा और उसका काल्पनिक डर भी ग़ायब हो. गया और उसे कर्मचारियों से निबटने की हिम्मत आ गई। उसी समय शाखा

प्रबंधक ने प्रधान कार्यालय को भेजने के लिए एक पत्र लिखा और सभी अधिकारियों ने उस पत्र की पुष्टि कर दी। उस पत्र में शाखा के कर्मचारी यूनियन के दो प्रमुख नेताओं के खिलाफ कार्रवाई करने की बात की गई थी और उन दोनों को कारण बताओ नोटिस देने की सिफारिश की गई थी।

शाखा प्रबंधक ने उस पत्र को चुपके-से, एक अधिकारी द्वारा टाइप करवाया था, ताकि कर्मचारियों को इस पत्र की कानों-कान जानकारी न हो सके।

प्रधान कार्यालय कुछ दिनों तक तो टालता रहा, लेकिन जब देखा कि शाखा प्रबंधक उन नेताओं पर कार्रवाई करने की बात पर अड़ा हुआ है, तो अंततः प्रधान कार्यालय ने उन दो नेताओं को चार्जशीट करने की अनुमति दे दी। इस पर शाखा प्रबंधक बहुत प्रसन्न हुआ।

उसी दिन शाम को बैंक का कार्य समाप्त होने के 15 मिनट पहले शाखा प्रबंधक ने यूनियन के दोनों नेताओं को चार्जशीट थमा दी। चार्जशीट देखकर दोनों नेता भौचक्के रह गए और विचलित हो गए। शाखा के दूसरे कर्मचारी भी घबरा गए।

दूसरे दिन से शाखा के कर्मचारियों ने अपना आन्दोलन और भी तेज़ कर दिया। वे शाम को अपना काम आधा-अधूरा छोड़कर बैंक से जाने लगे। लेकिन शाखा के अधिकारी छूटे हुए कामों को कुछ देर तक और रुककर प्रतिदिन पूरा कर लेते थे। शाखा प्रबंधक भी उनके साथ ही बैठकर कुछ काम स्वयं भी करता था और वह भी उनके साथ ही बैंक से अपने घर देर से ही जाता था। इससे शाखा के अधिकारियों का मनोबल बढ़ता रहता था और उन्हें प्रतिदिन देर से घर जाने में कम परेशानी होती थी।

लेकिन सभी कर्मचारी अब समय पर बैंक आते थे और समय पूरा होने पर ही बैंक छोड़ते थे। उन्होंने खाना-खाने के अवकाश के दौरान शाखा प्रबंधक के खिलाफ नारेबाजी शुरू कर दी। लेकिन शाखा प्रबंधक उनकी नारेबाज़ी से ज़रा भी विचलित नहीं हुआ। बल्कि वह कर्मचारियों को नारेबाजी करते पूरे समय देखता रहता था और मुस्कुराता रहता था। शाखा प्रबंधक पर उनकी नारेबाजी का कोई भी विपरीत प्रभाव न होते देखकर उन्होंने दो-तीन दिनों में ही नारेबाज़ी करना छोड़ दिया।

काम की बातें (Action Points)

- हम सबसे पहले कोमल सिंह, शाखा प्रबंधक, की ताक़त और कमज़ोरी का विश्लेषण करेंगे।
- फिर हम स्वयं को उस शाखा प्रबंधक की स्थिति में होने की कल्पना करेंगे और हम यह जानने की कोशिश करेंगे कि हम उस स्थिति को किस प्रकार संभालते।
- इसके बाद हम यह देखने की कोशिश करेंगे कि हम स्वयं ऐसी कठिन परिस्थिति को संभालने में कितने सफल होते।
- अंत में हम अगले पन्नों पर जाएंगे और लेखक द्वारा दिए गए विश्लेषण की तुलना अपने स्वयं के विश्लेषण से करेंगे।

डरपोक शेर हो गया, भाग 2 : केस का विश्लेषण

डरपोक लोग अपनी मृत्यु से पहले ही कई बार मरते रहते हैं, लेकिन शूरवीर पुरुष अपने जीवन में सिर्फ एक ही बार अपनी मृत्यु का स्वाद चखते हैं।

– शेक्सपियर

कोमल सिंह, शाखा प्रबंधक, अपनी प्रकृति से शुरू से ही एक डरपोक व्यक्ति था। उसने अपनी 11 साल की बैंक की नौकरी में अपने कर्मचारियों के ख़िलाफ़ कभी भी कोई कठोर कदम नहीं उठाया था। लेकिन जब उसकी अपने सभी कर्मचारियों के सामने अच्छी-खासी बेइज्जती हो गई, तो उसके अंदर छिपा शेर एकाएक जाग उठा और उसने अपने कर्मचारियों के ख़िलाफ़ कठोर कदम उठाने की हिम्मत जुटा ली और अंत में सफलता भी प्राप्त की। तब उसे पता चल गया कि उसका डर केवल उसका खुद का बनाया हुआ काल्पनिक डर था। उसे लगता था कि यदि वह कर्मचारियों के खिलाफ़ कोई कठोर निर्णय लेगा, तो वे शाखा में और अधिक उत्पात मचाएंगे, बैंक के रजिस्टर, चेक, ड्राफ्ट इत्यादि, फाड़ डालेंगे, जिससे उसकी खुद की नौकरी पर बन आएगी। लेकिन उसके कठोर कदम लेने के बाद ऐसा कुछ भी नहीं हुआ।

अब बैंक के कर्मचारी उससे डरने लगे थे और उसके आदेशों का पालन करने लगे थे। शाखा में उसकी इज्जत और दबदबा और भी अधिक बढ़ गया था। अब बैंक के कर्मचारी काफ़ी अनुशासित हो गए थे। वे सभी ठीक समय पर बैंक आते और बैंक के कार्यकाल के बाद ही घर जाते थे। वे

नारेबाजी भी बैंक के परिसर के बाहर जाकर करते थे और केवल आधे घंटे के लिए (अपना भोजन खाने के समय में ही), भले ही वे अपना काम आधा-अधूरा छोड़कर घर चले जाते थे।

एक दिन बैंक के कर्मचारियों ने खाने के अवकाश के समय शाखा प्रबंधक का उसके कमरे में घेराव कर दिया। शाखा प्रबंधक के कमरे में पांच ही कुर्सियां थी। इसलिए पांच नेता ही उसके कमरे में घुसे और कुर्सियों पर बैठ गए। बाकी कर्मचारी उसके कमरे में नहीं घुसे। वे कमरे के दरवाजे से बैंक के मुख्य द्वार तक एक लाइन में खड़े थे। कोई 10 मिनट बाद शाखा प्रबंधक ने कहा कि वह अपने घर खाना खाने जा रहा है। यह कहकर वह उठ खड़ा हुआ और चलने लगा। पांचों नेता कुर्सी पर बैठे उसे देखते रहे। जब वह बढ़ता ही गया, तो एक कर्मचारी ने अपना एक हाथ फैलाकर उसे रोकने की कोशिश की, लेकिन वह बढ़ता ही गया। जब उसकी छाती और कर्मचारी के हाथ के बीच लगभग एक फुट की दूरी रह गई, तो उस कर्मचारी ने अपना हाथ गिरा लिया। ऐसा लगभग आठ नौ कर्मचारियों ने किया। शायद कर्मचारियों को यह डर था कि कहीं उनका हाथ शाखा प्रबंधक की छाती से छू भर भी गया तो वह उसे मारने के अपराध में उन्हें चार्जशीट कर देगा। इस तरह शाखा प्रबंधक अपने घेराव को तोड़ने में सफल हो गया और अपने घर खाना खाने चला गया। अब कोमल सिंह शेरसिंह बन गया था।

बुद्धिमान और चतुर अधिकारियों को कोमल सिंह के विश्वास और व्यवहार से सबक सीखना चाहिए। उन्हें अपने खुद के बनाए हुए झूठे और काल्पनिक डर और आशंकाओं को अपने दिमाग से निकाल फेंकना चाहिए। उन्हें कोमल सिंह की तरह अपने कर्मचारियों द्वारा बुरी तरह बेइज्जत होने का इंतज़ार नहीं करना चाहिए।

हमें कोमल सिंह के व्यवहार से कुछ और भी सबक लेना चाहिए। उसने अपनी शाखा के सभी अधिकारियों की एक सभा बुलाई थी, जिसमें सभी अधिकारियों ने उसे कठोर कदम उठाने की सलाह दी थी। क्योंकि कठोर कार्रवाई करने का निर्णय लोकतांत्रिक ढंग से लिया गया था, इसलिए शाखा के सभी अधिकारियों ने अंत तक शाखा प्रबंधक का साथ दिया और

एकजुट होकर एक सुगठित टीम की तरह हर मुसीबत के समय एक साथ रहे।

शाखा प्रबंधक ने और अच्छा काम यह किया कि उसने बिस्मार्क की सही नीति का पालन किया। अर्थात् उसने एक ही समय में दो मोर्चों पर लड़ाई नहीं लड़ी। कर्मचारियों से मोर्चा लेने के लिए उसने अपने साथी अधिकारियों को सदा अपने पक्ष में बनाए रखा और उनका उत्साह बढ़ाता रहा। वह स्वयं भी उनके साथ-साथ कड़ी मेहनत करता रहा।

ज्यों ही शाखा के अधिकारियों की सभा में कर्मचारियों के खिलाफ कडा रुख अपनाने का निर्णय लिया गया, उसने शीघ्र ही उसी समय प्रधान कार्यालय को भेजने वाला पत्र लिख लिया और शीघ्र ही भेज भी दिया। क्योंकि उसने देखा कि जब लोहा गर्म है, तभी उस पर वार कर देना चाहिए।

शाखा प्रबंधक ने एक अच्छी नीति यह अपनाई कि उसने कर्मचारी यूनियन के दोनों नेताओं को चार्जशीट बैंक का समय-परा होने के 15 ही मिनट पहले थमाई। यदि उसने बैंक का काम शुरू होने पर ही वह चार्जशीट थमा दी होती, तो शाखा के कर्मचारियों ने बैंक के कामों में गड़बड़ी मचा दी होती और हो सकता था कि उस दिन का बैंक का काम ही ठप्प हो जाता।

इससे भी अधिक अच्छा होता, यदि शाखा प्रबंधक ने दोनों यूनियन नेताओं को एक साथ चार्जशीट थमाने के बजाय किसी एक ही नेता को पहले चार्जशीट थमाई होती और उसके एक या दो सप्ताह बाद दूसरे नेता को चार्जशीट थमाई होती। इस प्रकार दोनों नेता तो डर ही जाते। अन्य कर्मचारी भी डरने लगते कि कहीं उन्हें भी चार्जशीट न थमा दी जाए। इससे उस शाखा का काम सुचारु रूप से चलने लगता।

शाखा प्रबंधक ने एक भारी ग़लती यह की थी कि उसने उसी दिन उसी समय हाज़री रजिस्टर को अपने काल्पनिक डर के मारे अपने कब्जे में नहीं लिया था। क्योंकि हो सकता था कि शाखा के कर्मचारी ही उस हाज़री रजिस्टर को गायब कर देते। इस प्रकार शाखा प्रबंधक के हाथ से बैंक के रजिस्टर से छेड़छाड़ करने के अपराध का एक मात्र लिखित प्रमाण नष्ट हो सकता था। भगवान की कृपा थी, ऐसा कुछ नहीं हुआ।

शाखा प्रबंधक हमेशा अपने कमरे में ही नहीं बैठा रहता था। वह

बीच-बीच में अपने कमरे से बाहर भी निकलता था और कर्मचारियों को काम करते देखता था। इस प्रकार सभी कर्मचारी समझ जाते थे कि उन पर शाखा प्रबंधक द्वारा स्वयं निगरानी रखी जा रही है। इसलिए वे बैंक के कामों में कोई गड़बड़ी पैदा करने में असमर्थ रहते थे। सभी संस्था के अधिकारियों को भी ऐसा ही करना चाहिए।

शाखा प्रबंधक एक और अच्छा काम यह करता था कि जब शाम के बैंक के कर्मचारी कुछ काम आधा-अधूरा छोड़कर घर चले जाते थे, तब वह भी अपने सहयोगी अधिकारियों के साथ स्वयं भी उन छूटे हुए कामों को पूरा करने में उनके साथ-साथ जुट जाता था और स्वयं भी उनके साथ ही बैंक छोड़ता था और घर जाता था। इस प्रकार उसके सभी सहयोगी अधिकारियों का उत्साह और मनोबल ऊंचा रहता था और वे सभी मिलकर सुगठित टीम की तरह हमेशा शाखा प्रबंधक का साथ देते थे और अंत तक देते रहे थे।

शाखा प्रबंधक की एक और अच्छाई यह थी कि वह शाखा के कर्मचारियों के आन्दोलन और उनकी नारेबाज़ी से घबराया नहीं। बल्कि उसने हिम्मत और बहादुरी से काम लिया। उसके प्रतिदिन नारेबाजी करते हुए कर्मचारियों को देखने और आनंद लेने से कर्मचारियों का मनोबल जल्द ही टूट गया। जब उन्होंने देखा कि उनकी नारेबाजी से शाखा प्रबंधक पर कोई भी बुरा असर नहीं पड़ रहा है, तब उन्होंने दो-तीन दिनों के अंदर ही नारेबाजी करना छोड़ दिया।

शाखा प्रबंधक ने अपने मुख्य कार्यालय को भेजने वाला पत्र, जिसमें यूनियन के दोनों नेताओं को चार्जशीट देने की बात कही गई थी, अपने एक अधिकारी से चुपके से अपने कमरे में टाइप करवाया था। यदि उसने यह पत्र अपनी शाखा के किसी टाइपिस्ट से खुलेआम टाइप करवाया होता, तो यह बात पूरी शाखा में फैल जाती और हो सकता था कि इस समाचार को पाते ही यूनियन के दोनों नेता डर जाते और शाखा प्रबंधक से उस पत्र को प्रधान कार्यालय को नहीं भेजने का निवेदन करते। इस पर शाखा प्रबंधक उन दोनों नेताओं से सौदेबाज़ी कर सकता था कि वह उस पत्र को मुख्य कार्यालय नहीं भेजेगा. जब तक वे दोनों नेता शाखा के कामों में गडबडी

नहीं पैदा करेंगे। इस तरह, हो सकता था कि उनका आन्दोलन जल्द ही समाप्त हो जाता और बैंक का काम सुचारु रूप से चलने लगता।

बैंक के उच्चतम अधिकारियों को भी कर्मचारियों के ओवर टाइम पर अंकुश लगाने का निर्णय जुलाई के बदले जनवरी में ही ले लेना चाहिए था, जिससे कि बैंक के सभी शाखा प्रबंधक शुरू से ही ओवर टाइम पर . सुनिश्चित तौर पर संयम बनाए रख सकते थे।

काम की बातें (Action Points)

- हमें अपने अंदर झांक कर ईमानदारी से देखना-परखना चाहिए कि कहीं हममें भी अपने स्वयं का बनाया हुआ कोई काल्पनिक डर या आशंका तो नहीं है। अगर हो तो उसे फ़ौरन अपने दिल और दिमाग से निकालकर फेंक देना चाहिए। सभी कर्मचारियों के सामने पूरी तरह बेइज्जत होने का इंतज़ार नहीं करना चाहिए।
- हमें एक साथ दो मोर्चों पर लड़ाई नहीं छेड़नी चाहिए।
- हमें किसी महत्वपूर्ण और जटिल समस्या पर अपने सहयोगी अधिकारियों से मिलकर खुले वातावरण में विचार-विमर्श करना चाहिए और लोकतांत्रिक तरीक़े से एक सही निर्णय लेना चाहिए। ऐसा निर्णय सभी अधिकारियों द्वारा लिया गया निर्णय होगा और सभी अधिकारी एकजुट होकर एक सुगठित टीम की भावना से काम करेंगे और उस निर्णय को सफल बनाने की भरपूर कोशिश करेंगे।
- हमें समझ लेना चाहिए कि यदि हम सभी सांप से डरते हैं, तब सांप भी हमसे डरता है।
- हमें इस बात का हमेशा ध्यान रखना चाहिए कि एक गोली से भरी बन्दूक, चलाई गई बन्दूक से ज़्यादा असरदार और डरावनी होती है। यदि एक बार गोली चल गई, तो बचे हुए लोग आपको जान से मार डालेंगे।

जल्दबाज़ी अयोग्यता को जन्म देती है, भाग 1 : केस स्टडी

हमारा धैर्य हमारी ज़ोर-जबर्दस्ती से अधिक कारगर सिद्ध होता है।

– एडमंड बर्क

एक बैंक के क्षेत्रीय प्रबंधक ने अपनी एक शाखा की रिपोर्ट अपने मंडलीय प्रबंधक के पास भेज दी। मंडलीय प्रबंधक ने उस रिपोर्ट को अपने मुख्य कार्यालय को सौंप दी। प्रधान कार्यालय में जांच के दौरान पता चला कि इस रिपोर्ट में शाखा प्रबंधक ने जमा राशि 5 करोड़ 25 लाख दिखाई है, जबकि उसी शाखा की उसी दिन की दूसरी अन्य रिपोर्ट में जमा राशि 3 करोड़ 25 लाख दिखाई गई है। इस पर उस बैंक के महाप्रबंधक का माथा ठनका और उसे शक हुआ कि उस शाखा प्रबंधक ने कोई हेरा-फेरी की है। इसलिए महाप्रबंधक ने मंडलीय प्रबंधक को कड़ा आदेश दिया कि इस मामले की जांच शीघ्राति-शीघ्र कराई जाए, और यह भी कहा कि उस जांच की रिपोर्ट उसकी मेज़ पर दो दिनों के अंदर ही होनी चाहिए। उस सभा में वह क्षेत्रीय प्रबंधक भी मौजूद था। क्षेत्रीय प्रबंधक ने शीघ्र ही अपने एक अधिकारी को टेलीफ़ोन पर आदेश दिया कि वह उसी दिन उस शाखा के लिए प्रस्थान कर जाए और इस रिपोर्ट के संबंध में कड़ी जांच-पड़ताल करे और अपनी जांच रिपोर्ट उसे दूसरे ही दिन सौंप दे।

जब अमुक अधिकारी उस शाखा में पहुंचा, तो उसने पाया कि यह मामला कोई संगीन हेरा-फेरी का मामला नहीं था। उस शाखा प्रबंधक ने उस जमा राशि को दूसरी जमा राशि से घटाते समय 4 करोड़ में से 1 करोड़ घटाने की जगह जोड़ दिया था और तब सही जमा राशि 3 करोड़ होने की

बजाए 5 करोड़ हो गई थी। उसने अपनी यह रिपोर्ट क्षेत्रीय प्रबंधक को सौंप दी।

क्षेत्रीय प्रबंधक ने सोचा कि क्योंकि यह रिपोर्ट महाप्रबंधक तक जानी है और उसका स्वयं का अंग्रेजी भाषा का ज्ञान कुछ अच्छा है, इसलिए वह स्वयं ही उस जांच रिपोर्ट को लिखने बैठ गया। उसने वह जांच रिपोर्ट आधी ही लिखी थी कि उसके जूनियर अधिकारी उसके पास परामर्श और आदेश के लिए आने लगे और वह इसी कार्य में व्यस्त हो गया और जांच रिपोर्ट को पूरा नहीं कर पाया, और तीसरे पहर में रिपोर्ट पूरी करने की सोंची। लेकिन दोपहर से कुछ पहले ही क्षेत्रीय प्रबंधक के पास मंडलीय प्रबंधक का टेलीफ़ोन आ गया। उसने क्षेत्रीय प्रबंधक से पूछा कि उसने अपनी जांच रिपोर्ट अब तक उसके पास क्यों नहीं भेजी है और साथ ही अपने क्रोध में यह कह डाला कि वह महत्वपूर्ण मामलों पर अपनी सो जाने की आदत कब तक छोड़ेगा। इस पर क्षेत्रीय प्रबंधक ने दबी ज़बान से उससे कहा कि वह तीसरे प्रहर तक अपनी रिपोर्ट उसके पास ज़रूर भेज देगा। इस पर मंडलीय प्रबंधक झल्ला उठा और उसने कहा कि वह तीसरे प्रहर तक इंतज़ार नहीं कर सकता। उसे वह जांच रिपोर्ट अब से 10 मिनट के अंदर हर हालत में मिल जानी चाहिए। और इतना कहकर उसने टेलीफ़ोन पटक दिया।

मंडलीय प्रबंधक की इतनी खरी-खोटी बात सुनकर क्षेत्रीय प्रबंधक को बहुत गुस्सा आ गया। उसने अपनी आधी लिखी रिपोर्ट फाड़ डाली और अपने अधिकारी से ही जांच रिपोर्ट लिखने को कहा। उस अधिकारी ने अपनी टूटी-फूटी अंग्रेजी में एक दस पक्तियों की रिपोर्ट लिख डाली और क्षेत्रीय प्रबंधक ने उसमें छोटा-मोटा सुधार लिखकर मंडलीय प्रबंधक को भेज दी।

वह जांच-रिपोर्ट, जैसा कि स्वाभाविक था, मंडलीय प्रबंधक को बिल्कुल भी पसंद नहीं आई। उसने स्वयं उस जांच रिपोर्ट में 15 पंक्तियों की अपनी टिप्पणी लिखी। उसने अपने एक सीनियर अधिकारी को बुलाया और उसे वह जांच रिपोर्ट सौंप दी। उसने इस मामले की पूरी जानकारी उसे दी और उससे कहा कि इस आधार पर वह स्वयं एक जांच रिपोर्ट तैयार करे।

इस बात का पता क्षेत्रीय प्रबंधक को तब चला, जब वह सीनियर

अधिकारी उसके कमरे में आया, और उस जांच रिपोर्ट के संबंध में कुछ जानकारी हासिल करनी चाही। जब क्षेत्रीय प्रबंधक ने अपनी जांच रिपोर्ट पर मंडलीय प्रबंधक की 15 पंक्तियों की टिप्पणी पढ़ी और पाया कि उस जांच रिपोर्ट को नए सिरे से लिखने की ज़िम्मेदारी उस सीनियर अधिकारी को सौंप दी है, और उसे स्वयं उस काम से छुटकारा मिल गया है, तब वह बहुत ख़ुश हुआ। वह मन-ही-मन सोचने लगा कि इस तरह एक कुशल अधिकारी होने के बजाय एक अयोग्य अधिकारी की तरह काम करके वह कठिन-से-कठिन कार्य भी आसानी से, और थोड़ी ही देर में, निबटा सकता है और मंडलीय प्रबंधक की डांट-फटकार से भी बच सकता है। किसी काम को दूसरे पर टालने में कितनी देर लगती है? और इस धरती पर उसे एक योग्य अधिकारी होने के लिए कौन मजबूर कर सकता है?

काम की बातें (Action Points)

- हमें निम्नलिखित अधिकारियों के प्रबंधन के तरीक़ों पर एक नज़र डालनी चाहिए और उन तरीक़ों की अच्छाइयों और बुराइयों का विश्लेषण करना चाहिए :
  1. महा प्रबंधक,
  2. मंडलीय प्रबंधक,
  3. क्षेत्रीय प्रबंधक, और
  4. शाखा प्रबंधक।
- अब हमें अपने आपको ऊपर लिखे अधिकारियों की स्थिति में डालकर यह देखने का प्रयास करना चाहिए कि यदि हम स्वयं उन परिस्थितियों में रहते, तो क्या-क्या क़दम उठाते?
- फिर हमें प्रबंधन के उन सभी पहलुओं का अध्ययन और विश्लेषण करना चाहिए, जो इस केस स्टडी में उभर कर आते हैं।
- अंत में हम इस केस स्टडी के अपने खुद के विश्लेषण से लेखक द्वारा अगले पन्नों में दिए गए विश्लेषण से उसका मिलान करेंगे और देखेंगे कि लेखक के किन विभिन्न पहलुओं पर अपने विभिन्न विचार व्यक्त किए हैं।

जल्दबाज़ी अयोग्यता को जन्म देती है, भाग 2 : केस का विश्लेषण

दया का छोटा-सा काम, प्यार के थोड़े-से शब्द, हमारी धरती को स्वर्ग की तरह प्रसन्न बनाने में मदद करते हैं।

– जूलिया ए. एफ. कारनी

1. **म**हाप्रबंधक ने मामले की जांच करने और जांच रिपोर्ट उसके पास भेजने के लिए केवल दो दिनों का समय दिया था। यह मामला किसी धोखाधड़ी या साज़िश जैसा महत्वपूर्ण मामला नहीं था, जिसकी जांच शीघ्रातिशीघ्र केवल दो दिनों में ही करनी आवश्यक हो। इस जांच को करने और जांच रिपोर्ट भेजने के लिए यदि महाप्रबंधक ने 15 दिन का भी समय दिया होता तो कोई हर्ज नहीं था, और यदि शाखा प्रबंधक ने जान-बूझकर कोई भीषण ग़लती की हुई होती, तब उसके ख़िलाफ़ फिर भी कार्रवाई की जा सकती थी।

   कई संस्थाओं में देखा गया है कि अधिकतर उच्च अधिकारी अपने जूनियर अधिकारियों को कोई विशेष काम देते समय काम पूरा करने के लिए बहुत ही कम समय देते हैं। वे समझते हैं कि यदि वे ऐसा नहीं करेंगे, तो उनके जूनियर अधिकारी उस काम को पूरा करने में ज़रूरत से कहीं ज़्यादा समय लगा देंगे। वे शायद यह नहीं समझते कि उनके कम महत्वपूर्ण काम, कम समय में करने के लिए, जूनियर अधिकारियों को अपने कई महत्वपूर्ण कार्य स्थगित कर देने होते हैं, जिससे संस्था का भारी नुकसान हो सकता है।

   एक बार बैंक में महाप्रबंधक ने अपने एक सीनियर अधिकारी से

शाखाओं की इंस्पेक्शन रिपोर्ट पर उचित कार्रवाई की प्रणाली का अध्ययन करने को कहा और उसने उस अधिकारी को एक महीने में अपनी रिपोर्ट देने को कहा। उस सीनियर अधिकारी ने अपनी बैंक की नौकरी के दौरान पहली बार किसी महाप्रबंधक को कोई काम पूरा करने के लिए इतना पर्याप्त समय दिया था। उसने अपनी अध्ययन रिपोर्ट पर मेहनत से काम किया और अपनी रिपोर्ट उस महाप्रबंधक को एक महीने के अंदर ही सौंप दी। इस प्रकार उसके दूसरे महत्वपूर्ण कार्यों पर कोई बुरा असर नहीं पड़ा और उसे अपने महाप्रबंधक की तारीफ़ भी मिली।

उसी महाप्रबंधक ने उसी सीनियर अधिकारी को कुछ महीनों। बाद एक संगीन मामले में जांच करने का आदेश दिया और उसकी जांच की रिपोर्ट दो दिनों के भीतर मांगी, क्योंकि वह मामला काफ़ी गंभीर और महत्वपूर्ण था। उस सीनियर अधिकारी ने उस मामले की जांच पड़ताल फ़ौरन शुरू कर दी और अपनी जांच रिपोर्ट दो दिनों के भीतर महाप्रबंधक को सौंप दी। . .

इस संबंध में उसे कई मोटी-मोटी फाइलें पढ़नी पड़ी। लेकिन उसने अपना सभी काम छोड़कर दिन-रात उसी जांच पर मेहनत की, क्योंकि वह जानता था कि वह मामला काफ़ी संगीन और महत्वपूर्ण है, जिसकी जांच में ज़रा भी देरी की रत्ती भर भी गुंजाइश नहीं थी।

यदि उच्च अधिकारी अपने जूनियर अधिकारियों को काम की महत्ता और उसकी संगीनी के मुताबिक, उस काम को पूरा करने के लिए उचित अवधि देंगे, तो हो सकता है कि सभी जूनियर अधिकारी उस काम को उचित समय पर पूरा करने की भरपूर कोशिश करेंगे और उनका अपना कोई दूसरा महत्वपूर्ण काम भी नहीं रुकेगा और संस्था का कोई नुकसान भी नहीं होगा।

2. मंडलीय प्रबंधक को अपने क्षेत्रीय प्रबंधक जैसे उच्च अधिकारी को फ़ोन पर इतनी बुरी तरह डांटना-फटकारना नहीं चाहिए था। और न इतना भला-बुरा ही कहना चाहिए था। उसके ऐसे अनुचित व्यवहार से क्षेत्रीय प्रबंधक के आत्मसम्मान को इतनी भारी चोट

पहुंची कि वह अपना आपा ही खो बैठा। इसका बुरा परिणाम यह हुआ कि एक योग्य अधिकारी होने के बावजूद भी उसने अयोग्य अधिकारी की तरह काम करना शुरू कर दिया। उसने अपने जूनियर अधिकारी से ही जांच रिपोर्ट लिखवा ली और उसे ही थोड़ी काट-छांट करके मंडलीय अधिकारी को भेज दी। मंडलीय अधिकारी को उस पर एक लम्बी टिप्पणी लिखनी पड़ी, जिसमें उसका स्वयं का भी काफी समय बर्बाद हुआ होगा। इसके अलावा उसे अपने अधिकारी को नए सिरे से एक जांच रिपोर्ट तैयार करने को कहा, जिसे पूरा करने में दो दिन और लग गए। यदि मंडलीय अधिकारी ने अपना संयम नहीं खोया होता, तो क्षेत्रीय प्रबंधक ने अपना सभी काम छोड़कर तीसरे प्रहर में एक अच्छी तरह लिखी अपनी जांच रिपोर्ट पूरी कर ली होती और उसे अपने मंडलीय. प्रबंधक को भेज देता, जिसे मंडलीय प्रबंधक उसी दिन उस रिपोर्ट को महाप्रबंधक के पास पहुंचा देता। इस तरह सभी अधिकारियों का काफ़ी समय भी बचता और वह अप्रिय घटना भी नहीं घटी होती। मंडलीय प्रबंधक की अनुचित जल्दबाज़ी ने एक योग्य अधिकारी को अयोग्य अधिकारी की तरह काम करने को मजबूर कर दिया था। भले ही कुछ दिनों बाद, अपना गुस्सा शान्त होने के बाद, फिर से उसने योग्य अधिकारी की तरह काम करना शुरू कर दिया था। हम जानते हैं कि एक सही और समुचित डांट-फटकार अपने जूनियर को सुधार सकती है, और एक ग़लत ढंग से दी गई फटकार उसे काफ़ी हद तक बिगाड़ भी सकती है।

3. क्षेत्रीय प्रबंधक ने एक भारी भूल यह की थी कि उसने जांच रिपोर्ट को स्वयं ही लिखने की सोची थी। उसे चाहिए था कि शुरू में ही उस जांच रिपोर्ट लिखने का काम अपने एक योग्य अधिकारी को सौंप देता और उसमें कुछ आवश्यक सुधार करके उसे मंडलीय अधिकारी के पास भेज देता।

यदि उसने उस जांच रिपोर्ट को स्वयं ही लिखने की सोंच ही ली थी, तो उसे चाहिए था कि वह अपना कमरा एक घंटे भर को अंदर

से बन्द कर लेता, ताकि कोई भी व्यक्ति उसके कमरे में न आ सके। इस तरह वह बिना किसी रुकावट के उस जांच रिपोर्ट को स्वयं लिख पाता और मंडलीय अधिकारी को दोपहर से पहले उस रिपोर्ट को भेज देता।

वास्तव में देखा जाए, तो जांच रिपोर्ट में कोई अच्छी अंग्रेजी लिख़ने की ज़रूरत नहीं थी। उसमें सिर्फ सही तथ्य को उजागर करना था और उस तथ्य की जानकारी अपने उच्च अधिकारियों को बतानी थी। इसलिए क्षेत्रीय प्रबंधक को उस रिपोर्ट को स्वयं लिखने की कोई ज़रूरत ही नहीं थी।

क्षेत्रीय प्रबंधक ने एक भारी भूल यह भी की थी कि उसने शाखा से आई इस महत्वपूर्ण रिपोर्ट को उसी शाखा से आई एक दूसरी रिपोर्ट से मिलाया नहीं था। यदि ऐसा किया गया होता, तो क्षेत्रीय कार्यालय के स्तर पर ही यह भूल पकड़ ली जा सकती थी। उस शाखा प्रबंधक से सम्पर्क किया जा सकता था, तब उस भूल को क्षेत्रीय कार्यालय के स्तर पर ही सुधार लिया जाता। इस तरह प्रधान कार्यालय के पास ग़लत रिपोर्ट की बजाय सही रिपोर्ट पहुंचती और ऊपर बताई गई अप्रिय घटनाएं ही नहीं घटतीं।

4. इस सारे झगड़े की जड़ तो शाखा प्रबंधक स्वयं है। उसने अपनी शाखा की इतनी महत्वपूर्ण रिपोर्ट को बनाने और क्षेत्रीय कार्यालय को भेजने में असीम लापरवाही बरती। यदि उसने इस रिपोर्ट को दूसरी रिपोर्ट से मिला लिया होता, तो यह भारी ग़लती उसी समय पकड़ में आ जाती और उसे शाखा के स्तर पर ही सुधार लिया गया होता और सही रिपोर्ट मुख्य कार्यालय पहुंचती। इस तरह यह सारा बखेड़ा शुरू ही नहीं होता।

काम की बातें (Action Points)

- ☞ हमें अच्छी तरह समझ लेना चाहिए कि हमारी अनावश्यक जल्दबाज़ी और जोर-ज़बर्दस्ती हमारे सहयोगियों में अयोग्यता को जन्म दे सकती है।
- ☞ यदि हम पाते हैं कि हम भी अपने जूनियर अधिकारियों को किसी काम को पूरा करने के लिए उचित समय देने के बजाय बहुत कम समय देते हैं, तब हमें अपनी इस भूल को धीरे-धीरे सुधारना चाहिए।
- ☞ यदि आप अपने जूनियर को किसी काम को पूरा करने के लिए ज़रूरत से काफ़ी कम समय देते रहेंगे, तो उस काम को पूरा करने की वजह से उनका अपना महत्वपूर्ण काम रुक जाएगा। इससे संस्था का नुकसान होगा।
- ☞ यदि आप उन्हें काम की महत्ता और संगीनी के अनुसार उचित समय देंगे, तो वे उस काम को समय के भीतर पूरा करने का भरपूर प्रयास करेंगे।
- ☞ हमें अपने जूनियर को ज़रूरत से ज़्यादा और बुरी तरह नहीं डांटना चाहिए।
- ☞ हमें सभी कामों को स्वयं ही करने की कोशिश नहीं करनी चाहिए। हमें कछ काम अपने सहयोगी अधिकारियों को सौंप देना चाहिए। इस प्रकार हम कम-से-कम समय में ज़्यादा-से-ज्यादा काम निपटा सकेंगे।

एक ग्राहक अपने बैंकर से झगड़ा मोल लेता है, भाग 1 : केस स्टडी

अक्सर लोग उन बातों पर झगड़ पड़ते हैं, जो बातें झगड़ने के लिए अधिक उचित नहीं हैं।

– जी. के. चेस्टरटन

एक व्यक्ति ने हैंड पम्प बनाने का एक कारखाना खोल रखा था। उसने बैंक की एक शाखा से 15 लाख का कर्ज़ भी ले रखा था। अकस्मात् उस इलाके में कम वर्षा होने के कारण अकाल की-सी स्थिति उत्पन्न होने लगी थी। इसलिए हैंड पम्पों की मांग काफ़ी बढ गई थी। इसलिए उस व्यक्ति ने अपने हैंड पम्प के उत्पादन को दुगना करने की सोंची। इस कारण उसे अधिक कर्ज़ की ज़रूरत पड़ी। उसने बैंक के शाखा प्रबंधक से उसे 10 लाख रुपयों का अतिरिक्त कर्ज देने की प्रार्थना की और इस संबंध में अपना प्रार्थना-पत्र भी पूरा करके उसे सौंप दिया।

लेकिन वह व्यक्ति बड़ा ही गुस्सैल और चिड़चिड़े दिमाग़ का था। बैंक के किसी भी कर्मचारी, अधिकारी, यहां तक कि उस शाखा के प्रबंधक से भी उसकी नहीं बनती थी।

उस इलाके में बरसात की कमी हो जाने के कारण हैंड पम्पों की बिक्री का काफ़ी बढ़ जाना स्वाभाविक था। इसलिए उस व्यक्ति द्वारा हैंड पम्पों के अधिक उत्पादन के बाद भी उसके सभी हैंड पम्पों का बिक जाना भी निश्चित था। इस तरह उसकी अधिक बिक्री होने के कारण उसकी आमदनी भी बढ़ जाती और वह समय पर अपना 10 लाख का अतिरिक्त कर्ज भी अदा कर सकता था।

शाखा प्रबंधक भी समझता था कि उस व्यक्ति को 10 लाख का अतिरिक्त कर्ज शीघ्र ही दे देना चाहिए। लेकिन उस शाखा के सभी कर्मचारी और अधिकारी उस व्यक्ति के अप्रिय व्यवहार से तंग आ चुके थे और उसे परेशान करने पर तुले थे। शाखा प्रबंधक स्वयं भी उस व्यक्ति के अभद्र व्यवहार से दुखी था। इसलिए उसने उस व्यक्ति को 10 लाख का अतिरिक्त कर्ज देने से मना तो नहीं किया, लेकिन उसने इस मामले में टाल-मटोल करनी शुरू कर दी। इस प्रकार कई दिन बीत गए और उस व्यक्ति का नुकसान बढ़ता गया। लेकिन फिर भी उस व्यक्ति ने अपने अप्रिय व्यवहार को बदलने की कोशिश नहीं की और वह प्रतिदिन बैंक आता रहा और बैंक कर्मचारियों और अधिकारियों से लड़-झगड़ कर असन्तुष्ट होकर वापस चला जाता रहा।

बैंक की शाखा में अपना काम न होता देख उसने उच्च अधिकारियों से शिकायत करने की ठान ली। एक दिन वह गुस्से से भरा उस शाखा के क्षेत्रीय कार्यालय में आ धमका और क्षेत्रीय प्रबंधक से स्वयं मिलने की जिद करने लगा। क्षेत्रीय प्रबंधक के सचिव ने उसे बड़े आदर से कुर्सी पर बैठने को कहा और उसका आदर-सत्कार किया। फिर वह अपने क्षेत्रीय प्रबंधक से मिलने चला गया। वापस आकर उसने उस व्यक्ति को सूचना दी कि इस समय क्षेत्रीय प्रबंधक एक महत्वपूर्ण सभा में अधिक व्यस्त हैं और उससे मिल नहीं सकते। इसलिए उसने उस व्यक्ति को सलाह दी कि वह दो दिनों के बाद क्षेत्रीय प्रबंधक से मिलने आ सकता है।

जब वह व्यक्ति दो दिनों बाद क्षेत्रीय प्रबंधक से मिलने गया, तो क्षेत्रीय प्रबंधक ने उससे मुलाक़ात की और उसकी समझ में सारी बातें आसानी से आ गई और उसको शाखा प्रबंधक द्वारा 10 लाख का कर्ज देने में देरी करने और मामले को टाल-मटोल करने की बात समझ में नहीं आई। उसे लगने लगा कि कहीं-न-कहीं कुछ गड़बड़ी ज़रूर है। इसलिए उसने उस व्यक्ति से कहा कि वह उसकी समस्या को पूरी तरह समझ गया है और इस मामले में वह उसकी सहायता अवश्य करेगा। लेकिन उसने उस व्यक्ति से दो दिनों का समय मांगा, ताकि वह उसकी फाइल और रिकार्ड को अच्छी तरह पढ़-समझ ले, ताकि वह इस विषय में एक उचित निर्णय ले सके। यह बात उस व्यक्ति

की समझ में आ गई और वह चुपचाप अपने घर चला गया।

दूसरे ही दिन क्षेत्रीय प्रबंधक अचानक उस शाखा में पहुंच गया। उसके बिना पूर्व सूचना दिए आने पर शाखा के सभी लोग स्तब्ध रह गए। जब क्षेत्रीय प्रबंधक ने उस व्यक्ति के 10 लाख के अतिरिक्त कर्ज के बारे में शाखा प्रबंधक से विस्तार से सही जानकारी मांगी, तो क्षेत्रीय प्रबंधक ने उसे सही-सही सारी बातें बता दीं।

उसने साफ़-साफ़ कह दिया कि वह अच्छी तरह जानता है कि उस व्यक्ति को 10 लाख का कर्ज दे देना चाहिए। लेकिन शाखा के सभी कर्मचारियों एवं अधिकारियों से उसका उलझना और अभद्र व्यवहार करना ही उसके काम में रोड़े अटका रहा है। शाखा का कोई भी व्यक्ति नहीं चाहता है कि उस व्यक्ति की आड़े समय में सहायता की जानी चाहिए। यह सुनकर क्षेत्रीय प्रबंधक अवाक रह गया और अचम्भे में पड गया. क्योंकि वह जानता था कि समय पर 10 लाख का कर्ज उस व्यक्ति को न देने के कारण उसका भारी नुकसान हो सकता है, जिसकी वजह से बैंक का पहले ही से दिया हुआ 15 लाख का कर्ज भी जल्द ही डूब सकता है।

वह मन-ही-मन सोचने लगा–

1. क्या बैंक के एक कर्जदार को बैंक के कर्मचारियों और अधिकारियों से अभद्र व्यवहार करना चाहिए और झगड़ा मोल लेना चाहिए?
2. क्या बैंक अपने कर्ज़दार को परेशान करके और उसके व्यापार में हानि पहुंचा कर अपना भला कर सकता है?
3. आख़िर इस लड़ाई में किसकी हार है और किसकी जीत?

काम की बातें (Action Points)

☞ हमें निम्नलिखित लोगों के व्यवहार एवं काम करने के तरीक़ों पर
☞ नज़र डालनी चाहिए और उनका विश्लेषण करना चाहिए :

1. वह व्यक्ति जिसने बैंक से कर्ज लिया है।
2. शाखा के कर्मचारी और अधिकारी।
3. शाखा प्रबंधक।
4. क्षेत्रीय प्रबंधक।

☞ हमें अपने को ऊपर कहे चारों लोगों की स्थिति में डालना चाहिए और अपने अंदर ईमानदारी से झांकना चाहिए, और यह देखना चाहिए कि उन परिस्थितियों में हमारा अपना स्वयं का व्यवहार कैसा होता?

☞ यदि हमारी समझ में आए कि इन चारों स्थितियों में वैसा ही व्यवहार – करते, जो अनुचित था, तो हमें उन बुरे व्यवहार और अपने काम करने के तरीक़ों को जल्द-से-जल्द धीरे-धीरे बदलने का अथक प्रयास करना चाहिए।

☞ हमें उस व्यक्ति के व्यवहार से कुछ सबक सीखना चाहिए और उस पर अमल करना चाहिए। ..

☞ अब हमें अगले पन्नों में दिए गए लेखक के विश्लेषण का अध्ययन करना चाहिए और उसे अपने स्वयं के विश्लेषण से मिलाकर देखना चाहिए।

एक ग्राहक अपने बैंकर से झगड़ा मोल लेता है, भाग 2 : केस का विश्लेषण

हमें पुरानी बुरी धारणा को बदलने में देरी नहीं करनी चाहिए।

– थोरो

1. उस व्यक्ति को जिसने बैंक से 15 लाख का कर्ज ले रखा था, बैंक के कर्मचारियों और अधिकारियों से झगड़ा नहीं मोल लेना चाहिए था। ऐसा करके उसने अपने ही पांव में कुल्हाड़ी दे मारी थी-अपना ही भारी नुकसान किया था, क्योंकि उसका काम बैंक के कर्मचारियों और अधिकारियों से हर दिन ही पड़ता रहता था, इसलिए उसे उन सभी लोगों से मेल-भाव और मित्रता बनाए रखनी चाहिए थी। इस प्रकार बैंक के कर्मचारी उसके व्यवहार से ख़ुश रहते और उसका हर उचित काम ख़ुशी-ख़ुशी करते रहते। यदि उसका व्यवहार बैंक के कर्मचारियों से सदा अच्छा और सद्भावना-भरा रहता, तो उसका 10 लाख का अतिरिक्त कर्ज भी जल्द-से-जल्द स्वीकृत हो जाता और उसका व्यापार भी और अधिक होता और उसको अच्छी आमदनी भी हो गई होती।

   इसलिए हमें चाहिए कि हम सिर्फ बैंक या किसी और संस्था के केवल उच्च अधिकारियों से ही अच्छा संबंध बनाने का प्रयास न करें, बल्कि उसके कर्मचारियों से भी मेल-मिलाप बनाए रखें, क्योंकि प्रतिदिन के कामों में हम कर्मचारियों के सम्पर्क में अधिक आते हैं और किसी गंभीर समस्या में ही उस संस्था के अधिकारियों से मिलने की ज़रूरत पड़ती है।

2. बैंक के कर्मचारियों और अधिकारियों को अपने अहम् एवं घमंड पर भरपूर काबू रखना चाहिए था और विकृत हृदय और क्रोधित ग्राहकों से बात करने के तरीक़े में और भी अधिक संयम से काम लेना चाहिए था। यदि वे अपना रवैया बदल लेंगे और क्रोधित स्वभाव वाले व्यक्ति से धैर्य से बात करेंगे और उसके गुस्से को शान्त करने का प्रयास करेंगे तो क्रोधित व्यक्ति को अपनी गलती का आभास हो जाएगा और हो सकता है कि उसका गुस्सा धीरे-धीरे ठंढ़ा हो जाए और वह अपना काम कराकर चला जाए।

शाखा के कर्मचारियों और अधिकारियों ने अपने बहुमूल्य ग्राहक को गुस्सा दिलाकर और उसके उचित काम में बेवजह रुकावट पैदा करके अपना और अपने बैंक का भी काफी नुकसान किया था। गांधी जी ने ठीक ही कहा है कि हम अपने ग्राहकों की बदौलत ही अपने व्यापार में हैं और अपने व्यापार को बढ़ा सकते हैं, और अधिक धन कमा सकते हैं, और उन्नति कर सकते हैं। यदि हमारे पास कोई ग्राहक नहीं आएगा या बहुत कम ग्राहक आयेंगे तब हमारा व्यापार नहीं चल पाएगा और उसे बन्द करने की नौबत तक आ सकती है। इसलिए हमें अपने ग्राहक के साथ भरपूर सहयोग करना चाहिए और उसे हमेशा ख़ुश रखना चाहिए ताकि वह सदा ही हमसे सम्पर्क बनाए रखे और हमारे ग्राहक की संख्या को बढ़ाने में मददगार सिद्ध हो सके।

बैंक के कर्मचारियों को भली-भांति समझना चाहिए था कि उसके कर्जदार की समृद्धि और उन्नति में बैंक का ही भला है, क्योंकि जब उसके कर्जदार का व्यापार बढ़ेगा, तब ही वह अपने क़र्ज़ को बैंक को अदा करने में समर्थ होगा। इसके विपरीत अगर उसे समय पर अपने व्यापार को बढ़ाने के लिए समुचित राशि नहीं मिल पाएगी तो उसका भारी नुकसान हो सकता है और उसे धन की भारी हानि भी हो सकती है। इस प्रकार बैंक का कर्ज भी वसूल नहीं हो पाएगा और बैंक को भी घाटा सहना पड़ सकता है। इसलिए बैंक के कर्मचारियों और अधिकारियों ने उस व्यक्ति की

समय पर 10 लाख रुपयों का अतिरिक्त कर्ज न देकर बड़ी ही नासमझी का काम किया था। यदि वे बेकार में उस व्यक्ति से अनबन नहीं कर बैठते, तो उसे समय पर उचित कर्ज़ मिल गया होता और उसका व्यापार और भी बढ़ निकलता। इसलिए बैंक के सभी कर्मचारियों और अधिकारियों को इन सभी बातों का ध्यान रखना चाहिए और अपनी सूझ-बूझ से काम लेना चाहिए।

3. शाखा प्रबंधक ने भी अपने कर्मचारियों और अन्य अधिकारियों की ही हां-में-हां मिलाकर उस व्यक्ति से वैसा ही व्यवहार बना लिया था, जो उसके उच्च पद को शोभा नहीं देता है। उसे चाहिए था कि वह अपने कर्मचारियों और अधिकारियों को अपने विश्वास में लेता और उन्हें धैर्यपूर्वक समझाता कि किसी ग्राहक से बैर मोल लेना या उससे बुरा व्यवहार करना बैंक के हित में नहीं है। इसलिए उन्हें अपने ग़लत रवैये में बदलाव लाना चाहिए और उस व्यक्ति से अपने व्यवहार में समुचित परिवर्तन लाना चाहिए। उन्हें उस व्यक्ति से हाथ मिला लेना चाहिए और उसे भी समझाना चाहिए कि बिना वजह ग़ुस्सा करने से सबका मूड ख़राब हो जाता है और सही होता काम भी बिगड़ जाता है। शाखा प्रबंधक के ऐसा करने से समस्या का समाधान जल्द ही हो गया होता और उस व्यक्ति को 10 लाख रुपयों का अतिरिक्त कर्ज भी मिल जाता। इस तरह सभी ख़ुश रहते और कोई समस्या ही खड़ी नहीं हुई होती।

4. क्षेत्रीय प्रबंधक ने अच्छा काम किया था कि उसने उस व्यक्ति को दो दिनों बाद बुलाया था और इस बीच उसने सभी सम्बन्धित फाइलों को ध्यान से पढ़ लिया था और इस मामले की पूरी जानकारी हासिल कर ली थी। ऐसा कर चुकने के बाद वह स्वयं ही उस शाखा में चला गया था और खुले एवं निडर वातावरण में बातचीत शुरू की थी, ताकि लोग निडर होकर सही और सच्ची बात कह सकें और किसी बात को छिपाने की कोशिश न करें। इस प्रकार उसे सारी सच्चाई का पता चल गया और उसे समस्या की गहराई एवं सच्चाई तक पहुंचने में किसी परेशानी का सामना नहीं करना पड़ा। उसे

मामले की सही जानकारी पाकर आश्चर्यचकित तो होना ही था। लेकिन उसे चाहिए था कि वह केवल हैरान परेशान होकर चुप नही रह जाता।

उसे अपने उच्च पद, गरिमा, योग्यता और अपने लम्बे तजुर्बे का भरपूर लाभ उठाना चाहिए था। उसे शाखा प्रबंधक, सभी अधिकारियों और कर्मचारियों के कुछ नेताओं को बुलाकर शाखा प्रबंधक के कमरे में एक सभा करनी चाहिए थी और उनसे कहना चाहिए था कि उनके इस रुख और व्यवहार से केवल उस व्यक्ति का ही नुकसान नहीं होगा। बल्कि बैंक का भी नुकसान होगा। उस व्यक्ति को समय पर 10 लाख रुपयों का कर्ज नहीं देने से उसका व्यापार बिगड़ सकता था और उसको घाटा होने की स्थिति में बैंक का कर्ज भी डूब सकता था। यदि यह बात उन सभी लोगों की समझ में आ जाती, तब उस व्यक्ति को 10 लाख रुपयों का अतिरिक्त कर्ज मिल जाता और सारी समस्या हल हो जाती।

काम की बातें (Action Points)

- हमें अपने ग्राहकों के साथ हमेशा ही सुखद, सुशील और प्यार-भरा संबंध रखना चाहिए, ताकि वे हमेशा हमसे जडे रहें और इस तरह हमारे पास उनके द्वारा और भी अधिक ग्राहक आएं और हमारा व्यापार हमेशा फूलता-फलता रहे।
- हमें अपने क्रोधित ग्राहक से बात करते समय अपने स्वयं के दिमाग़ को ठंडा रखना चाहिए। इस तरह ग्राहक का गुस्सा भी शांत हो जाएगा और हो सकता है कि अगली बार वह फिर गुस्सा न करे। अ
- यदि हमारा कोई जूनियर अधिकारी या कर्मचारी अपने ग्राहक से बुरा बर्ताव करे और उसके काम में अनावश्यक अड़चन पैदा करे, तो हमें समय रहते ही उसे सावधान और सतर्क कर देना चाहिए कि वह अपना रवैया बदल सके और उसके व्यवहार में सुधार आये।
- हमें अपने झूठे अहंकार और अहम् को भड़कने नहीं देना चाहिए। उसे नियंत्रण में रखना चाहिए।
- हमें अपने ग्राहक से हमेशा मित्रता का भाव रखना चाहिए और उसके उचित काम को तत्परता से करना चाहिए।
- ग्राहकों को भी अपने बैंकर से लड़ाई नहीं करनी चाहिए। ऐसा करने से उनका अपना ही नुकसान ज़्यादा है।

अंतिम शब्द

ज्ञान का सार यह है कि हम ज्ञान की प्राप्ति करें और उनका सही उपयोग करें।

– कनफ़्यूशियस

आज तक किसी भी प्रबंधन गुरु ने यह नहीं कहा है कि उसके बताए या लिखे प्रबंधन के सभी सिद्धांत और तरीक़े प्रबंधन के अंतिम शब्द हैं और उसके आगे कुछ भी नहीं है। और यह ठीक भी है, क्योंकि किसी भी प्रबंधन संबंधी समस्या का केवल एक ही सही समाधान नहीं हो सकता। यदि कोई एक सिद्धांत एक परिस्थिति में सफल हो जाता है, तब ज़रूरी नहीं है कि वैसी ही दूसरी परिस्थिति में भी सफल ही हो जाए। यदि समस्या को सुलझाने का एक तरीक़ा किसी एक व्यक्ति के संबंध में सफल हो जाए, तब भी ज़रूरी नहीं है कि वही तरीक़ा किसी दूसरे व्यक्ति के संबंध में भी सटीक बैठे और समस्या का समाधान हो जाए।

यह भी हो सकता है कि प्रबंधक का एक तरीक़ा किसी व्यक्ति की समस्या को सुलझा सके, लेकिन वही तरीक़ा उसी व्यक्ति से सम्बन्धित दूसरी समस्या को सुलझाने में बेअसर और असफल रहे। क्योंकि हालात हमेशा बदलते रहते हैं और हर व्यक्ति का मूड भी समय-समय पर बदलता रहता है।

हर व्यक्ति एक नूतन और अलग प्रकृति का प्राणी है। कुछ लोग ऐसे होते हैं कि जब उनके कामों की प्रशंसा की जाती है, तब वे और भी मेहनत और लगन से काम करते हैं। इसके विपरीत, कुछ व्यक्ति तब तक मन लगाकर काम नहीं करते और अपने कामों से जी चुराते रहते हैं, जब तक उनको समय-समय पर डांट-फटकार नहीं सुनाई जाए। इसलिए हमें हर

व्यक्ति से उसकी अलग प्रकृति और काम करने के तरीक़े के अनुसार ही उससे व्यवहार करना चाहिए। इसलिए हमें चाहिए कि हम प्रबंधन के अधिक-से-अधिक पहलुओं और सिद्धांतों का अध्ययन करें और अपना ज्ञानवर्धन करते रहें। और हमें यह भी अभ्यास करना चाहिए कि हम यह भली-भांति परख सकें कि किस समस्या का समाधान प्रबंधन की किस नीति या सिद्धांत का उपयोग करने से हो सकता है। यह कला भी धीरे-धीरे ही आती है।

काम की बातें (Action Points)

- हमें यह भली-भांति समझ लेना चाहिए कि प्रबंधन का कोई सिद्धांत, नीति या तरीक़ा ऐसा नहीं हो सकता कि वह सभी परिस्थितियों में और सभी व्यक्तियों के संदर्भ में समान रूप से सफल और कारगर साबित हो सके, क्योंकि स्थितियां बदलती रहती हैं और व्यक्ति का मड भी सदा एक समान नहीं रहता।
- हमें विभिन्न परिस्थितियों के अनुसार प्रबंधन के अलग-अलग सिद्धांतों और तरीक़ो का उपयोग करना चाहिए।
- यदि कोई एक तरीक़ा हमें सफल होता हुआ दिखाई न दें, तो हमें और किसी दूसरे उचित तरीक़े का उपयोग करना चाहिए।
- हमें अपनी प्रबंधन की अपनी शैली को सदा अनुकूल तरीक़े से बदलते रहना चाहिए। .
- हमें यह जान लेना चाहिए कि सिर्फ प्रबंधन के अनेक नियमों और सिद्धांतों का जानना ही पर्याप्त नहीं है। ज़रूरी यह है कि हम उनका सही और उपयुक्त उपयोग करते रहें और अपने कौशल को बढ़ाते रहें।
- प्रबंधन के सही सिद्धांतों और नीतियों को सही परिस्थितियों में समुचित तरीक़े से अपनाना और उसका सही तौर पर उपयोग करना ही उत्तम प्रबंधन का सार है।

●●●